Gyunko

I FILI DEL DESTINO

Questo romanzo è un'opera di fantasia. Nomi, personaggi, luoghi e avvenimenti sono il prodotto dell'immaginazione dell'autrice o usati in modo fittizio. Qualunque rassomiglianza con fatti, località, organizzazioni o persone, vive o defunte, è del tutto casuale.

Copyright©2021 di Gyunko
Tutti i diritti riservati

Sommario

PROLOGO
Cap. I — Un matrimonio imposto
Cap. II — Sensazioni sconosciute
Cap. III — Voglia di libertà
Cap. IV — Un pensiero costante
Cap. V — Tra imbarazzo e dovere
Cap. VI — Una relazione pericolosa
Cap. VII — Una via di fuga
Cap. VIII — Un forte sentimento
Cap. IX — Un dolce segreto
Cap. X — Un angolo di felicità
Cap. XI — Nuovi complici
Cap. XII — Una promessa per sempre
Cap. XIII — Nuove strategie e nuovi legami
Cap. XIV — Un'umiliante sorpresa
Cap. XV — Pregiudizi e malintesi
Cap. XVI — Un sospetto sempre più fondato
Cap. XVII — Una novità sconvolgente
Cap. XVIII — Uno sporco ricatto
Cap. XIX — Si gioca a carte scoperte
Cap. XX — Un annuncio importante
Cap. XXI — Messaggi segreti
Cap. XXII — L'ultimo incontro
Cap. XXIII — La freccia di Cupido
Cap. XXIV — Nuovi assetti e insoliti legami
Cap. XXV — Un'immensa gioia

Cap. XXVI   Brutte notizie
Cap. XXVII   Una decisione importante
Cap. XXVIII   Un risvolto sconvolgente

PROLOGO

Scozia: agosto 1860
Un'argentea luna piena rischiarava la notte, più scura del solito, delineando i contorni dell'imponente palazzo arroccato sulla collina rigogliosa di vegetazione.
Di fronte il mare, esteso a perdita d'occhio, accarezzava di spuma frusciante la riva sabbiosa col suo eterno ritmo ondoso, infrangendosi con maggiore forza, più avanti, lungo la scogliera.
Uccelli notturni, nascosti nella fitta boscaglia, facevano da sentinella alla possente dimora, interrompendo a tratti, con le loro grida, il silenzio surreale.
Dalle finestre dell'ultimo piano si intravedeva una sagoma, sfuocata dalla luce traballante delle lampade ad olio che, muovendosi nervosamente, si confondeva con le pesanti tende di velluto cremisi.
Beveva cognac, portando il bicchiere alle labbra con gesti meccanici.
L'alcool gli bruciava la gola, come la decisione che non riusciva a prendere.
Camminava avanti e indietro per il lungo studio, tormentato dai suoi pensieri e accompagnato dal rumore dei passi che scandiva il passare delle ore interminabili.
Di tanto in tanto si fermava a fissare l'orizzonte oltre la vetrata affacciata sull'ampia terrazza, cercando in quell'oscurità, cupa come i suoi occhi di ghiaccio, un punto in cui trovare la giusta soluzione.
Una ciocca, color miele, sfuggita scomposta dai capelli accuratamente pettinati all'indietro, ricadeva umida sulla fronte corrugata e imperlata di sudore.
I lineamenti raffinati del bel viso, contrastavano con la smorfia contratta che rimarcava la sua inquietudine

GYUNKO.

lasciando trasparire il peso di quella scomoda verità, imponendogli di fare una scelta che avrebbe condizionato il suo futuro da quel momento in poi.

CAP. I

Un matrimonio imposto

Due anni prima: Londra primavera 1858

«Lo sposerai eccome! È quello che voglio! Che ti piaccia o no! Farai finalmente qualcosa di utile per la nostra famiglia e togliti dalla testa tutte queste stupidaggini senza senso! Smetti di sognare e cresci una buona volta, le tue fantasie non danno né sicurezza economica, né prestigio! ... Sii grata, invece, poteva andarti molto peggio!».

Aveva tuonato il Barone Arthur Campbell, paonazzo in viso, agitando la sua robusta figura piuttosto alta, con goffi movimenti delle braccia.

Dal salotto echeggiavano le voci alterate dell'accesa discussione.

L'uomo, nobile scozzese, vicino alla sessantina, si passava freneticamente una mano, ora sulla barba fulva, ora sul panciotto, come se gli stesse stretto. La rabbia lo soffocava, non poteva tollerare quella mancanza di rispetto e cercava di allentare la cravatta per sbottonarsi il colletto della candida camicia inamidata.

Avrebbe acconsentito a questo matrimonio ad ogni costo. Questa volta non si sarebbe sottratto all'impegno preso per nessuna ragione, doveva rispettare i patti, erano in discussione la sua discutibile reputazione, il buon nome e ancor più, le sorti finanziarie della sua attività e della sua famiglia.

L'incantevole figlia minore, Margaret, era un'ottima carta da giocare in quest'ultima mano per sistemare le cose e mantenere la parola data anni prima. Così era deciso! A grandi, pesanti passi, aveva lasciato velocemente la stanza, dopo un ultimo sguardo carico di risentimento che lanciava occhiate di disprezzo dai piccoli occhi blu, alla ragazza in lacrime, sbattendo con forza la porta, incurante di cosa avessero suscitato in Margaret quel violento gesto e quelle acide parole paterne.

Appena diciottenne, Margaret, bella e sensibile, non aveva mai considerato di sposarsi così presto e per motivi tanto squallidi. La sua intelligenza, il suo temperamento poco incline a sottostare agli ipocriti protocolli e agli inutili cerimoniali fatti di sola apparenza imposti dalla nobiltà, non le permettevano di accettare una simile imposizione, tutto questo non faceva per lei. Aveva espresso con fermezza il suo diniego... Invano.

Non voleva sposare un uomo molto più grande, così lontano dal suo modo di essere, visto in qualche rara occasione mondana. Non le piaceva!

Aveva ancora tanti progetti, voleva fare tante esperienze. La sua natura spontanea, vivace e passionale, non si adattava alla figura di docile moglie accondiscendente scelta per lei. Dire a gran voce il suo pensiero le era costato un sonoro ceffone sul perfetto visino e si teneva, con una mano, la guancia arrossata che bruciava tanto quanto il suo orgoglio ferito di giovane donna.

Aveva ingoiato il boccone amaro dell'onere impostole da suo padre che con quella categorica frase aveva chiuso definitivamente ogni possibilità di replica, affidandole le sorti della sua famiglia.

Era rimasta lì, al centro della stanza, tremante, sulle gambe malferme, con la sua umiliazione e il suo futuro ipotecato da poche imperative frasi.

Un nodo alla gola, sempre più stretto, le impediva

di respirare, i profondi occhi blu, colmi di lacrime e frustrazione, fissavano quella porta chiusa sulle sue aspettative e sui suoi desideri futuri.

Si sentiva impotente, usata, barattata come merce di scambio per soddisfare la cupidigia di un genitore arrivista, deciso a riconquistare, in ogni modo, quel posto nella società ormai vacillante, tanto bramato e messo ancora una volta in pericolo dai suoi comportamenti viziosi e sconsiderati.

Aveva ignorato e calpestato i sentimenti di colei che era sangue del suo sangue, senza scrupoli, solo per puro egoismo e sete di potere.

D'altronde cosa aspettarsi da una persona che aveva già scelto il matrimonio come comoda soluzione solo per interesse personale, per salvare dal fallimento le sue fabbriche tessili? Una bella, ingenua moglie ricca, aveva risollevato la sua disastrosa situazione, saldando i suoi debiti e mettendo tutto a posto.

Non gli importava di nessuno, solo di se stesso, le persone erano strumenti per raggiungere i suoi biechi scopi, non ne aveva rispetto, tanto meno per sua moglie che tradiva da sempre, divertendosi a passare il tempo saltando da un letto all'altro di qualche nobildonna, con la facilità con cui si cambiava la camicia.

Donne, gioco e alcool erano le sue "virtù", tenute abilmente nascoste da falsi moralismi, servendosi dell'aiuto di viscidi uomini di fiducia, profumatamente ricompensati per ripulire la sua indegna reputazione con inganni e ricatti.

Ora, di nuovo sull'orlo della rovina, aveva estratto il suo asso dalla manica come in una partita di poker.

Neppure la madre di Margaret, troppo tollerante e altrettanto legata alle frivolezze e alle facciate del suo adorato ceto sociale, non era stata dalla sua parte, non aveva capito il suo sgomento. Margaret non si capacitava della ragione per cui, Lady Clarice, si sforzasse con tanto impegno, di rendere "perfetto" qualcosa di inesistente, era una bella donna, colta e raffinata, non aveva certo bisogno di quel mondo finto e nemmeno di subire da sempre, col sorriso sulle labbra, le umiliazioni e l'opportunismo di un uomo del genere.

Lady Clarice Salloow, ancora di bell'aspetto, sempre curata, nel suo elegante abito color viola, si era avvicinata alla figlia con portamento regale, dando risalto all' invidiabile siluette della sua slanciata figura. Qualche capello grigio, sulle tempie, fra gli scuri capelli, sapientemente acconciati, davano risalto alla carnagione chiara e i grandi occhi verdi, dall'espressione enigmatica, esaltavano il suo fascino di aristocratica cinquantenne. Battendole qualche colpetto su una spalla con mano aggraziata, aveva cercato di consolarla con quelle inutili parole: «Su, su cara, ci sono mali peggiori... avrai un marito affascinante, una bella vita, sarai ammirata e invidiata, tutto questo dovrebbe bastare per farti tornare il sorriso...».

Margaret fissava Lady Clarice, ancor più in preda allo sconforto e, priva di forze, si era lasciata cadere sul morbido divano di velluto ocra.

Le tempie le pulsavano, mille pensieri e paure si mescolavano nella sua testa, tutto le girava intorno dandole le vertigini. I genitori dovrebbero volere il bene dei figli?

Dovrebbero amarli, rispettare la loro indole e le loro attitudini, proteggerli?

Evidentemente non i suoi!

L'avevano buttata in pasto a un uomo, per quanto

rispettabile e di ottima famiglia, di quasi vent'anni più vecchio, col quale aveva scambiato appena qualche parola e nonostante avesse un bell'aspetto, lo sentiva molto lontano dal suo ideale di compagno di vita, le incuteva timore e tanta soggezione.

Incapace di reagire, Margaret, sentiva crescere nel profondo del suo animo ferito, la rabbia che covava come brace ardente sotto la cenere.

Il sogno di un amore vero, intenso e travolgente, simile a quelli che leggeva nei suoi appassionanti libri preferiti, l'esigenza di seguire le sue passioni con la curiosità e la spensieratezza della sua giovane età, erano sfumati per sempre... L'ambizione di insegnare, di viaggiare per conoscere il mondo e allontanarsi da quella vita superficiale, così diversa da lei, erano stati stroncati in un attimo...

Dopo aver scritto una lunga lettera all'amata sorella maggiore Elisabeth, per raccontarle l'accaduto e informarla del suo arrivo in Scozia, Margaret, si era lasciata tutto alle spalle, trasferendosi, con famiglia e bagagli, nella terra d'origine del padre, andando incontro al suo destino, rassegnata a diventare la ricca moglie del glaciale Conte Edgar Linderberg.

Di nobile famiglia tedesca, Lord Edgar Linderberg era nato e cresciuto a Londra, dove aveva completato gli studi in economia e finanza col massimo dei voti, dimostrando una particolare attitudine e abilità per complicati prospetti di calcoli finanziari, tanto da rivelarsi, a soli trentasei anni, un consulente di elevato spessore, una figura indispensabile per far quadrare i bilanci di potenti industriali, un consigliere esperto e affidabile di investitori e banchieri.

La sua mente intuitiva e brillante, i suoi modi garbati e

signorili, uniti a un'eccepibile serietà e integrità morale, facevano di lui, oltre che una persona gradevole, anche un professionista competente e molto stimato.

Il Conte Linderberg si era sempre occupato, con profitto, degli innumerevoli affari di famiglia, amministrando al meglio proprietà, terreni e ricchezze, contribuendo ad aumentare il già cospicuo patrimonio famigliare, qualità molto appetibili per tutte le fanciulle da marito dell'alta società, impegnate a fare a gara per catturare l'ambita preda. Figlio rispettoso e riflessivo, il Conte Edgar, mai avrebbe contraddetto l'amato padre, conosciuto uomo d'onore, fedele ad una promessa fatta anni prima che aveva concordato il suo matrimonio con la figlia di un vecchio amico in difficoltà.

Serenamente aveva accettato di assolvere al suo compito con l'impegno e la serietà tipici del suo carattere.

Infondo non gli era andata male, la bellezza della sua promessa sposa era risaputa, l'aveva vista alcune volte con la sorella Elisabeth che conosceva un po' meglio essendo la moglie del suo più caro amico e compagno di studi, ma molto meno sapeva di lei, inoltre era incuriosito dal suo caratterino e dalla sua personalità, a quanto si diceva, piuttosto esuberanti, interessante aspetto per dare un po' di movimento alla situazione, non gli piacevano le cose facili, amava le sfide e questa certamente lo sarebbe stata.

Le sue aspettative non erano state deluse e dopo il previsto periodo di conoscenza e relativo fidanzamento, erano seguiti i preparativi del consueto rituale richiesto e infine, con gioia di tutti, o quasi, il famigerato matrimonio era stato celebrato.

I novelli sposi avevano preso dimora in una delle maestose tenute scozzesi dei Duchi Linderberg, accuratamente scelta e arredata in stile vittoriano, da Lady Ingrid, madre di Edgard, donata alla coppia per farne il loro nido d'amore e cominciare la loro vita matrimoniale in modo adeguato al loro rango.

Tutto scorreva in modo tranquillo, forse troppo, ma come spesso accade, il destino ha i suoi piani e se di facciata tutto appariva perfetto, dietro le quinte, lo spettacolo era ben diverso.

Il Conte Edgar, marito impeccabile, era gentile e piacevolmente premuroso ma preso più dagli affari che dalla sua deliziosa moglie bambina. L'amore e la sfera sentimentale non attraevano il solerte conte che ben presto aveva preso atto di dover faticare molto più che in una trattativa finanziaria per far funzionare un matrimonio basato su fondamenta sbagliate e poco solide.

La loro unione necessitava di ben altri elementi fondamentali e per quanto diplomazia e bei modi fossero necessari, non erano sufficienti a far scoccare la scintilla del desiderio tra la coppia.

Probabilmente per quella parte di sangue germanico che gli scorreva nelle vene, o forse per la rigida educazione ricevuta, era molto complicato per Lord Edgar, addentrarsi in questo mondo sconosciuto di emozioni e istinti passionali.

Il suo lato, rigorosamente calibrato e razionale, prendeva il sopravvento nei rapporti con l'altro sesso, dominando il suo carattere e i suoi comportamenti troppo impostati e fortemente equilibrati.

Non si trovava a suo agio con i mutevoli e svariati aspetti femminili e in particolare non coniugava effusioni amorose o slanci affettuosi con la vita di coppia e ancor meno con sua moglie, per la quale nutriva un profondo

rispetto ma non andava oltre a un tenero affetto, bloccato dalla notevole differenza di età, più simile a quello di una sorella minore.
Margaret aveva tutti i requisiti per attrarre un uomo, ma non un uomo maturo come lui, molto diverso e distante dal suo acerbo universo femminile.
I loro mondi erano opposti e regnava un costante alone di disagio tanto che i pochi contatti intimi e i momenti di tenerezza, erano sempre stati inadeguati e, per dirla a modo suo, "poco produttivi".
Tutto questo disorientava il Conte Edgar, abituato ad avere sempre la situazione sotto controllo, spingendolo a dedicarsi ancora di più al lavoro, fra uomini d'affari di gran lunga più facili da comprendere, coi quali si sentiva meglio e maggiormente gratificato e dove poteva sfuggire a una realtà a lui poco congeniale.

CAP. II
Sensazioni sconosciute

Estate 1859.

I giorni passavano lenti e sempre uguali, scanditi dalla solita routine quotidiana.

Al mattino, piuttosto presto, Margaret faceva colazione con la sua famiglia, poi si dedicava agli studi di letteratura e filosofia e al termine un po' di pittura per rilassarsi fino all'ora di pranzo.

Nel pomeriggio seguivano le lezioni di musica e canto, lunghe passeggiate nel parco e a volte il giardinaggio.

Le piaceva stare in compagnia di Philip, l'anziano giardiniere.

Era un uomo dolce, molto saggio e gentile. La sua spontanea semplicità la faceva stare bene, si sentiva a suo agio con lui, le pareva di ricevere consigli e conoscenze preziose come da un caro nonno.

Philip l'aveva accolta da subito con tenera, affettuosa simpatia, offrendole il suo indispensabile aiuto per imparare a coltivare e curare le rose. Aveva letto nell'animo di Margaret, intuendone il disagio e la necessità di staccarsi di tanto in tanto da quell'ambiente complicato da sopportare.

In occasione del suo diciannovesimo compleanno le aveva regalato un'aiuola con alcuni cespugli delle sue rose preferite, appositamente scelte per soddisfare i suoi gusti e per darle modo di svagarsi all'aria aperta.

Le ore passate insieme in giardino erano molto piacevoli e rilassanti, Margaret non si sentiva superiore, apprezzava le persone semplici e genuine, simili a lei, non le importava dei ceti sociali o dei ranghi, per Margaret c'erano solo persone buone o persone cattive e certamente Mr. Philip era una persona buona, anzi, un'ottima persona.

Spesso, Margaret partecipava al tè delle diciassette in compagnia delle solite nobildonne, invitate da Lady Clarice per sapere le novità dell'ambiente aristocratico sugli eventi mondani e su qualche pettegolezzo. Intratteneva le ospiti suonando il pianoforte, cosa molto gradita dalle anziane amiche di sua madre che ascoltavano con ammirazione i brani classici eseguiti con talento dalla fanciulla.

La giornata si concludeva con la cena, un momento di tranquillità in biblioteca o in salottino con le sue letture preferite o un po' di ricamo, infine si ritirava nelle sue stanze per dormire.

Molto più indaffarata era Lady Clarice, sempre presa dalla continua organizzazione di eventi benefici e altrettante cene in onore di nobili personaggi di spicco, per mantenere buoni rapporti sia con gli esponenti dell'alta società, sia con gli stimati e famosi consuoceri.

In queste occasioni, Margaret veniva coinvolta, suo malgrado, per scrivere gli inviti, per dare un parere sul menù, sulla scelta dei fiori o sull'allestimento della sala da pranzo, tutti compiti che interessavano molto più la Baronessa che Margaret.

Proprio in occasione di uno di questi ricevimenti, Lady Clarice si era precipitata in terrazza, dove Margaret stava dipingendo.

La mattina era splendida, l'estate, appena iniziata, aveva cosparso di fiori selvatici la collina, macchiando di tonalità rosa e gialle i verdi prati sui lati della casa.

Il sole era piacevole, non ancora troppo caldo, si rifletteva sul mare increspato creando bagliori di raggi dorati. L'aria era frizzante, il paesaggio singolarmente selvaggio ma altrettanto suggestivo era perfetto da immortalare su una tela.

Con l'affanno, per aver fatto le scale di corsa, Lady Clarice era apparsa dietro a Margaret, sulla vetrata, scostando le tende color avorio:

«Ah, sei qui!... si va in città, devo fare compere per la cena, vorrei il tuo aiuto su diverse cosette!».

Margaret, senza volgere lo sguardo, aveva risposto svogliatamente:

«Non mi va di venire in città... resto a dipingere, c'è una bellissima luce, oggi...»

«Sciocchezze, lascia colori e pennelli, puoi dipingere un altro giorno!... su... cambiati, ti farà bene uscire, la carrozza ci sta aspettando, non farti chiamare ancora!».

Presa dalla fretta, Lady Clarice, continuava il suo brontolio petulante mentre scendeva le scale:

«Muoviti, non abbiamo tutto il giorno! Anche Elisabeth è già qui!».

La voce rimbombava dalla sua stanza alle scale, accompagnata da un veloce scalpitio di passi.

Elisabeth era l'unico motivo piacevole che l'aveva convinta a lasciare uno dei suoi passatempi preferiti.

Aveva indossato velocemente un abito di fresco raso color turchese, si era sistemata i capelli raccogliendoli, in parte, sotto al cappellino coordinato e preso l'ombrellino, per ripararsi dal sole, dopo una rapida occhiata davanti all'ampia specchiera d'ottone e ceramica finemente decorata, aveva approvato con indifferenza.

Con un ultimo sguardo dispiaciuto per dover lasciare quel panorama meraviglioso, aveva abbandonato la sua tela per raggiungere madre e sorella al piano terra.

In carrozza, Lady Clarice continuava a parlare e parlare, tanto che Margaret, salendo, si domandava con aria insofferente, come potesse, una donna intelligente, sprecare tanto fiato per argomenti così inutili.
Con un cenno del capo, Margaret aveva salutato Elisabeth, speranzosa che quel fastidioso sottofondo avesse fine:
«Buon giorno Beth, come stai?».
La sorella, con un'occhiata affettuosa, aveva intuito all'istante lo stato d'animo di Margaret. L'espressione stampata sul suo viso non lasciava dubbi e aveva ricambiato il saluto con un sorriso:
«Buon giorno a te, tesoro, molto bene, grazie! Sei splendida...».
Sporgendosi poi in avanti, verso Margaret, le aveva sussurrato strizzandole un occhio in modo scherzoso:
«Su con la vita, via quel broncio e chissà che oggi non ci riservi qualche sorpresa!».
Margaret aveva sorriso a sua volta, sollevata dalla sua sempre gradita presenza.
Elisabeth la capiva, era molto più di una sorella, il loro forte legame di profondo affetto, era reso ancor più stretto e solido da una sincera amicizia, fatta d'intesa, complicità e reciproca fiducia. Era un appoggio prezioso su cui contare, si ascoltavano, si consolavano, era una persona importante nella sua vita, da sempre e, soprattutto ora, nei lunghi periodi di solitudine quando Edgar era lontano.
I suoi consigli si erano rivelati, in ogni occasione, saggi e utili, inoltre il suo umorismo, la sua vitalità erano indispensabili per sopportare meglio la monotona quotidianità, alleggerita dalla vivace spensieratezza del tempo passato insieme.
Infondo Elisabeth aveva ragione, non c'era nulla da

perdere a prenderla con filosofia!

Quasi come se le parole della sorella maggiore fossero state profetiche, in quel soleggiato mattino d'estate, era accaduto qualcosa di piacevolmente inaspettato.

La città era animata di persone a passeggio per le vie e per le botteghe.

Anche il porto era molto affollato: due grosse navi avevano attraccato alle estremità del molo e con esse erano arrivate tante merci e altrettanti marinai.

Intraprendenti e scanzonati, questi giovanotti, si fermavano a terra per riposare e divertirsi fra un lungo viaggio in mare e l'altro.

Era lì, proprio sul molo che Margaret aveva visto, per la prima volta André.

Era sbarcato da una nave proveniente dalla Francia, sulla quale lavorava.

Quel giovane energico, dal fisico atletico, intento a scaricare pesanti casse coi suoi compagni di bordo, aveva attirato subito la sua attenzione.

Fissava quella figura statuaria dalle spalle vigorose, muoversi con armonia, senza riuscire a distogliere lo sguardo da quell'immagine sensuale che aveva visto solo nei libri di storia e di arte.

La pelle abbronzata spiccava sotto la camiciola, infilata alla meglio nei pantaloni, i capelli castani piuttosto lunghi e mossi sul collo erano accarezzati dal venticello marino di giugno, era incuriosita al punto di desiderare di dare un volto a quel dio greco.

Con questi strani pensieri provocatori, Margaret, non si era accorta di accelerare il passo, dimenticandosi di sua madre e di Elisabeth, indietro, dentro al laboratorio del sarto.

Il ragazzo, come se avesse captato i suoi pensieri più

nascosti, d'un tratto, si era girato verso di lei e il volto immaginato, aveva preso forma superando ogni sua aspettativa.
I bei lineamenti mascolini, i capelli spettinati, e gli occhi penetranti dallo sguardo malandrino gli conferivano un aspetto ribelle, terribilmente virile e intrigante.
L'attraente marinaio, a quella vista celestiale, aveva sfoderato un disarmante candido sorriso incantatore.
Stringendo le labbra ben disegnate, le aveva fischiato in segno di apprezzamento, incoraggiato da tutti i suoi compagni.
Per qualche attimo i loro sguardi si erano incontrati e Margaret, persa in quegli occhi neri come le notti d'estate, aveva sentito il cuore fermarsi qualche istante per poi balzarle in gola con una capriola.
Attratta come una calamita dal ferro, ignorando ogni decoro o rigore, aveva seguito il suo istinto, si era avvicinata a lui con aria offesa, rimproverandolo:
«Come osate rivolgervi in modo così volgare a una signora? Non mi sembra di conoscervi!».
Il marinaio, con l'espressione colpevole e un po' trasognata, le aveva risposto cortesemente:
«Perdonate la mia sfrontatezza Madame, non ho potuto resistere…. Il mio sguardo non si è mai posato su nulla di più bello! Devo sapere il vostro nome!».
Margaret sentiva mancarle il respiro, quell'accento francese era ipnotico, irresistibile!
Affidandosi a tutto il suo autocontrollo l'aveva ripreso mostrandosi imbronciata:
«Che impertinente! Cosa vi fa credere che voglia perdonarvi e tanto più dirvi il mio nome?».
Il giovane si era portato una mano sul petto, con malizia e inginocchiandosi ai suoi piedi l'aveva supplicata:

«Vi prego, Madame... non posso credere che un visino così angelico, nasconda un animo tanto crudele da non perdonare un povero uomo pazzo d'amore, presto costretto a ripartire col cuore spezzato.... in balia delle tempeste...senza sapere il vostro nome!».
I marinai sul pontile della nave, assistevano allo spettacolo, divertiti, incitando animatamente l'amico.
Margaret, lusingata, tratteneva a stento il sorriso e per evitare l'imbarazzo si era affrettata a dire:
«Alzatevi! Stiamo dando spettacolo, ci guardano tutti!...e poi non potrei vivere col rimorso di avervi mandato verso un oscuro destino, tormentato da questo dilemma!».
Con un radioso sorriso, aveva continuato:
«Il mio nome è Margaret...».
Soddisfatto, il giovane si era inchinato a lei, le aveva preso la delicata manina per sfiorarla con le labbra:
«Merci Madame ... avete salvato un uomo dalla disperazione, porterò sempre con me il ricordo del vostro splendido sorriso... sono André... per servirvi!»
Completamente rapita da quello sguardo magnetico e dal fremito provocatole dal tocco leggero delle sue labbra sulla pelle, si chiedeva se i baci di un marinaio avessero il sapore della salsedine, sentendo il rossore salirle alle guance.
Doveva essere il caldo o il sole, si diceva cercando una giustificazione, ma sapeva bene quale fosse la ragione...
«Margaret .... Margaret... andiamo! Dove sei sparita? Dobbiamo tornare!».
La voce squillante di sua madre l'aveva riportata alla realtà e dandosi a fatica un contegno, si era staccata da quell'inebriante contatto, lasciando la mano di André e la sua carezza tanto piacevole.
A passo veloce era scivolata via da lui e dalla sua presenza

conturbante, aveva raggiunto le sue accompagnatrici per salire sulla carrozza e ritornare nel suo mondo.
Si era abbandonata sul sedile, sfinita da tante emozioni...
Cielo che situazione! Accaldata, ancora con le guance colorite e turbata per quell'incontro tanto audace, provava ad analizzare l'accaduto, riprendendosi poco alla volta, respirando a fondo, cercando più aria mentre si slacciava il nastro del cappellino sotto la gola.
Cosa era successo su quel molo? Come mai quello sconosciuto le aveva scatenato sensazioni tanto forti e nuove?
Scacciando ogni pensiero inopportuno dalla sua mente, aveva sospirato inquieta sotto lo sguardo attento e indagatore di Elisabeth, evitandolo, mostrandosi indifferente, fissando il vuoto oltre il finestrino per darsi una risposta...
Che sciocchezze erano mai queste? Era una donna sposata, perché preoccuparsene?
Tanto non l'avrebbe più rivisto, meglio toglierselo subito dalla testa!

CAP. III

Voglia di libertà

Era passato qualche giorno dall'incontro con André sul molo.
Le giornate apparivano a Margaret ancora più monotone e noiose.
In casa c'era un gran fermento per il ritorno imminente del Conte Edgar.
Lady Clarice era indaffarata ad organizzare la cena perfetta in onore del genero e dei consuoceri.
Di giorno, Margaret, si teneva occupata coi soliti impegni quotidiani anche se non era facile trovare qualcosa di nuovo da fare dato il costante e continuo impiego della servitù in qualunque mansione domestica, dentro e fuori casa.
Era circondata da tante persone ma si sentiva sola, insoddisfatta.
Forse se fosse arrivato un figlio, avrebbe colmato quel crescente vuoto provato, sempre più pressante che aumentava col passare del tempo.
Avrebbe soddisfatto la sua fame d'amore, un amore immenso, totale e incondizionato. Avrebbe potuto dedicarsi con ogni sua energia, alla cura, all'educazione e alla crescita di un esserino indifeso, parte di lei, impiegando il suo noioso tempo in qualcosa di importante e meraviglioso.
Non poteva però farlo da sola e questo era un altro enorme ostacolo.
Margaret si sforzava di superare il forte disagio provato a stare in intimità con suo marito, senza riuscirci.
Era un grosso problema che continuava ad accantonare,

tenendosi momentaneamente al sicuro nei periodi in cui Edgar era assente, pur sapendo che presto o tardi, sarebbe ritornato a casa e con lui tutte le questioni irrisolte.

Di notte queste preoccupazioni si ingigantivano come ombre nel buio e per ore si rigirava nel suo grande letto matrimoniale senza trovare pace e neppure il sonno.

La vita desiderata da Margaret restava solo un sogno, non esisteva, la sua era come una commedia messa in scena dal suo cinico padre, davanti agli occhi critici dalla puritana aristocrazia.

Si sentiva sempre sotto esame e inadeguata alle circostanze.

Bellezza, educazione e intelligenza, non bastavano in questo mondo così artefatto, Margaret doveva soffocare la parte più vera del suo carattere, reprimere le sue idee, la sua spontaneità e la leggerezza della sua età, oppressa dai rigorosi comportamenti che le imponeva la sua posizione di nobile moglie di un altrettanto illustre nobile marito.

Temeva i giudizi ai quali era continuamente esposta, ne sentiva il peso sul petto e si sentiva schiacciare dall'ansia.

Sapeva in cuor suo di non essere adatta all'impeccabile, maturo uomo d'affari, tutto d'un pezzo che era stata costretta a sposare e cominciava a preferire la sua assenza ai momenti in cui stavano insieme sia un privato che in pubblico.

Partecipavano agli eventi mondani per rispettare le consuetudini, non per il piacere di stare insieme.

Si aggiravano fra i nobili presenti per mostrare la loro "perfetta unione", scambiando qualche banale frase di convenienza, voce di un ceto sociale sempre più attento solo alle apparenti formalità.

Margaret, accanto al suo invidiato marito, si guardava intorno assente e annoiata, difendendosi, per non sentire la sua sofferenza, con quella barriera invisibile ma sempre più impenetrabile che la estraniava da tutto e poco alla volta si era messa anche tra lei e Edgar.

I suoi sonni erano agitati, si svegliava di soprassalto, smarrita, impaurita e sfogava il suo malessere piangendo, soffocando i singhiozzi nel cuscino per non fare rumore.

Nel cuore della notte sgattaiolava, in punta di piedi, fuori dalle sue stanze, correva nelle scuderie, prendeva Astrid, la sua cavalla purosangue e cavalcava fino alla spiaggia lungo la scogliera.

Il mantello nero dell'animale si fondeva in quell'oscurità notturna, Margaret respirava a pieni polmoni l'aria salmastra che sapeva di libertà.

Leggera si lasciava trasportare dalla brezza marina galoppando veloce, sempre più veloce, a perdifiato, senza pensare a nulla, a nessuno o forse per togliersi dalla mente qualcuno....

Persa nel vento che asciugava le sue lacrime, accompagnata solo dal fragore delle onde sugli scogli, placava il suo animo agitato trovando sollievo in quelle pazze corse sfrenate, unico anestetico a tutte le sue angosce e rimedio necessario per continuare a vivere la sua vita tanto asfissiante.

Tornava poi nella sua stanza, sotto le coperte, esausta, ma con la stessa agitazione che muoveva una strana inquietudine e pensava e ripensava alle stesse cose: all'incontro con André al molo, al suo sorriso, alla sua bocca sensuale e provocante, a quegli occhi penetranti incollati ai suoi capaci di accendere mille sensazioni.

Continuava a tormentarsi, chiedendosi cosa avrebbe provato se André fosse stato lì, nel suo letto, per abbracciarla con le sue forti braccia o per baciarla con quella bocca che non riusciva a dimenticare....

Cercava in ogni modo di cacciare quei pensieri poco consoni al comportamento di una donna sposata ma per quanto volesse cancellarli, li ritrovava sempre fissi, insistenti e tentatori più che mai, impedimento costante al suo prendere sonno.
Dopo ore di lotta con se stessa, sprofondava, sfinita, in quell'oblio, grata che la risparmiasse, almeno per un po', da quella tortura.
I colpi decisi e ripetuti sulla porta della sua camera, l'avevano catapultata bruscamente nel mondo reale.
«Margaret! .... Margaret! ...svegliati dormigliona, sono quasi le nove! Coraggio alzati pigrona, apri la porta! ...».
Aprendo un occhio alla volta, assonnata come se non avesse dormito affatto, Margaret si era trascinata giù dal letto, scalza, coi capelli arruffati, la camicia da notte sgualcita e sbottonata.
Barcollando aveva aperto la porta:
«Beth.... Che ci fai qui a quest'ora? ...dove trovi tutta questa energia? ...».
Le aveva detto biascicando le parole, coprendosi la bocca con una mano per nascondere uno sbadiglio.
«Santo cielo, tesoro, che brutta cera che hai! ...sei pallida come un lenzuolo e quelle occhiaie... sono terribili! Forza, fatti un bel bagno caldo e renditi presentabile, facciamo colazione in terrazza! ...Matilde, prepara il bagno per la signora, per cortesia, poi tra mezz'ora puoi portare su la colazione, stiamo sulla veranda. Grazie, non c'è altro, vai pure... e tu, Meg, svelta, hai bisogno di sole e di aria fresca, dobbiamo fare una bella chiacchierata fra donne! ...».
Margaret, stordita per tutto quel trambusto, guardava la sorella con ammirazione.
Elisabeth assomigliava molto a sua madre, elegante, sicura del fatto suo, con i capelli color dell'ebano,

acconciati con maestria, mostrava il suo sguardo di giada con fierezza e fascino ma con egual allegria e gioia di vivere.
Non c'era da stupirsi se avesse fatto perdere la testa a un bell'ufficiale, con quegli occhi e quel temperamento, pareva nata per ammaliare e impartire ordini!
Si chiedeva spesso dove trovasse tutta quella vitalità e quell'entusiasmo dopo il brutto scherzo giocatole dal destino.
Aveva conosciuto Adam a un ricevimento, era lì con Edgar, suo inseparabile amico.
Si erano perdutamente innamorati, all'istante, per Elisabeth era la prova vivente dell'esistenza dell'anima gemella.
Si erano sposati senza perdere tempo lasciando tutti stupiti per questa frettolosa decisione.
Il loro era un amore immenso, vero, sincero e travolgente ed Elisabeth voleva viverlo appieno, nella sua casa, col suo uomo, lontano dall'esempio del falso quadretto famigliare in cui era cresciuta.
Non condivideva il modo della madre, di tollerare e, fingere di ignorare l'ambiguo comportamento di suo padre, lo disprezzava, era un pessimo esempio di uomo, molto distante dal suo ideale di compagno di vita.
Si era sempre presa cura di Margaret, tenendola al riparo da quegli insani sentimenti spingendola a seguire il suo cuore, a coltivare affetti veri, incoraggiandola a studiare, esprimendo i suoi pensieri, i suoi desideri con libera spontaneità cosa vissuta non bene dal loro avido padre, abituato a trattare le donne come esseri inferiori, strumenti di cui servirsi per i propri piaceri e per i suoi interessi.
Anche dopo la morte di Adam, Elisabeth aveva scelto

di rimanere a vivere in Scozia, vicina all'affezionata zia Constance, molto meglio che tornare allo squallore famigliare di sempre.

In quella esercitazione militare, in cui Adam aveva perso la vita, era morta anche una parte di lei, era passata, nel giro di un anno, da sposa felice a vedova inconsolabile. Distrutta dal dolore si era rifugiata nella sua casa, circondata dai ricordi, aggrappandosi al passato, eliminando ogni possibile occasione di sofferenza per il futuro.

Poco alla volta, poi, con forza di volontà e coraggio, aveva reagito, si era ripresa, felice alla notizia di ricongiungersi, finalmente, all'amata sorella, ritrovando nuova energia.

Forse, proprio questa tragica esperienza, le aveva impartito un duro insegnamento e ora aveva una visione diversa della sua esistenza.

Oggi, a ventotto anni, libera dal passato e temprata dal dolore, assaporava ogni momento vissuto, sfruttandone ogni istante, cogliendo il lato positivo e l'aspetto migliore di ogni situazione.

Anche Margaret avrebbe voluto assorbire da lei un po' di quell'ottimismo e di quella forza, Beth era un perfetto esempio di coraggio e determinazione.

Si sentiva fortunata a contare sul suo prezioso supporto, era la sorella migliore del mondo, l'ascoltava, la capiva, poteva confidarle ogni segreto, ogni dubbio, tutti i suoi disagi e le sue paure…

Era una donna straordinaria, acuta e sensibile con tanto da dare e qualunque uomo sarebbe stato orgoglioso e felice di averla accanto ma questo era ancora un nervo scoperto che Beth si impegnava ad evitare accuratamente.

Nel suo inconscio, dopo quella terribile vicenda, vigeva

una ferrea regola di vita rivelatasi vincente:" niente amore, niente dolore" e se ne stava al sicuro, protetta in quella convinzione.

Aveva pagato con troppa sofferenza la perdita del suo unico grande amore, ma quello era il passato, era tempo di guardare avanti, ora anche lei meritava di trovare la sua felicità. Guardandosi allo specchio della sua romantica camera dalla tappezzeria con delicati fiori dai toni sul rosa antico e avorio, non poteva che essere d'accordo con Elisabeth, era sciupata, con un'aria stanca sul viso magro, nonostante il bagno caldo le avesse giovato, si sentiva giù di tono, apatica, non ritrovava più quella luce che brillava nei suoi occhi, quel pizzico di sana, curiosa follia, tipica della sua età, che l'aveva spinta a studiare materie insolite o a leggere di tutto, anche argomenti piccanti, da troppo tempo non era se stessa, la sua vena ribelle si era placata, la sua indole di vivace ventenne si era spenta.

Si era raccolta i biondi riccioli in una coda, legata sulla nuca, con un nastro di seta rosa intenso, lasciato ricadere fra le morbide ciocche fino al collo esile.

Il vestito della stessa tinta, le donava molto, intonandosi perfettamente col suo incarnato chiaro. Il corpetto, stretto in vita e la gonna a balze, ampia sui fianchi, disegnavano la sua figura femminile esaltandone le forme. La scollatura, rifinita di piccole rouge di pizzo bianco, lasciava appena scoperte le spalle aggraziate e il decolleté valorizzando la sua naturale sensualità.

Dopo un ultimo sguardo alla sua immagine, aveva raggiunto Beth, in terrazza, felice di stare in compagnia della sorella che vedendola aveva esclamato gioiosa:

«Bene! Eccoti qua, così ti voglio! Sei uno splendore, sembri un'altra persona! Siedi e raccontami cosa covi…. Ti vedo, sai?».

Elisabeth aveva scostato la sedia di ferro battuto dal tavolo di marmo, per farla accomodare.
Come sempre la perspicacia di Beth non le dava scampo, riusciva ogni volta a leggerle nel profondo e puntualmente la punzecchiava.
Era così evidente? Si impegnava tanto a nascondere tutto per bene! Forse non era abbastanza brava!
Giustificandosi, Margaret, aveva risposto con scarsa convinzione:
«Non c'è nulla... sto bene... sono solo un po' stanca... ultimamente non dormo molto...».
Beth, senza credere a queste motivazioni, aveva proseguito la sua indagine:
«Capisco... stanca di questo far niente o... stanca di aspettare, in ritiro, come una suora in convento, il tuo impegnatissimo marito?».
Non voleva fare pressione, sentiva e soprattutto vedeva che qualcosa, sotto, sotto, tormentava la sua sorellina e con disinvoltura aveva cominciato a imburrare il suo pane, aspettando con calma.
Margaret, con gli occhi bassi, senza togliere lo sguardo dalla teiera, si era versata il tè e sorseggiando adagio, quasi nascosta, al riparo dietro la tazza, aveva continuato incerta:
«Non so, Beth... ci sono donne che farebbero carte false per essere al mio posto e... sono grata per tutto quello che ho... ma... Edgar è carino... è premuroso... quando c'è... ma ...». Elisabeth l'aveva preceduta:
«Ma non c'è quasi mai e non senti la sua mancanza e... cosa mi dici di quell'affascinante ragazzo che parlava con te sul molo?».
Diretta come al solito, l'intuitiva sorella, aveva fatto centro e Margaret, tossendo d'impulso a quella domanda

inattesa, aveva deglutito ripetutamente per non strozzarsi con un boccone di torta e dopo aver bevuto un sorso di tè evitando di soffocare, aveva provato a risponderle:
«Beth, ti prego! ... abbassa la voce! ... cosa dovrei dire? Abbiamo scambiato appena qualche parola... non c'è proprio nulla da dire...».
Elisabeth, incuriosita, teneva a bada l'impeto di bombardarla di domande ma visto il disagio di Meg, aveva continuato la sua pacata, sottile opera di persuasione:
«Già... immagino... sufficiente, però, per farti perdere il sonno e il colore sulle guance... coraggio, tesoro, a me puoi dire tutto, dai racconta, è eccitante... sai il suo nome?».
Con un filo di voce per l'imbarazzo, Margaret, l'aveva accontentata:
«André... il suo nome è André... è un marinaio francese...».
Beth, ancor più interessata, aveva alzato gli occhi al cielo e con le mani incrociate sul seno, aveva esclamato con enfasi:
«Oh, mon dieu, madame, è francese? Basta e avanza per perderci la testa!».
Le ragazze avevano ritrovato la leggerezza di una complice, risata all'unisono.
Elisabeth, ancora una volta, era riuscita a farla sorridere e sentendo la tensione sciogliersi, aveva continuato fra un dolcetto e l'altro:
«Ora ho capito perché da quel giorno hai la testa fra le nuvole! Tranquilla, cara, hai tutta la mia comprensione, è un gran bel giovanotto... ho visto come ti guardava e ... come ti fa battere il cuore ...».
Si era protesa verso Margaret, parlando in modo

sommesso e, col solito fare scherzoso, le aveva strizzato l'occhio per poi continuare a sorseggiare il suo tè.
Superato ormai l'imbarazzo, si era lasciata andare al bisogno di confidarsi, dando sfogo liberamente a quel tumulto di pensieri e sensazioni che da giorni reprimeva:
«Oh Beth, ti giuro che non l'ho incoraggiato ma... quando i nostri sguardi si sono incontrati ...il mio cuore si è fermato e... mentre mi parlava non riuscivo a staccarmi da lì ...è stata un'esplosione di emozioni che ignoravo... non ho mai sentito nulla di così forte per nessun uomo ...Dimmi Beth, c'è qualcosa che non va in me? Sentivo il sangue e lo stomaco rimescolarsi e desideravo solo essere abbracciata e baciata ...sono sposata e vorrei provare le stesse sensazioni per Edgar.... È mio marito ma...».
Elisabeth l'aveva anticipata di nuovo:
«Ma non è così.... Mmmmm.... Interessante... non mi sembra grave, è un colpo di fulmine!».
Aveva affermato grattandosi il mento, molto presa dall'argomento:
«Mia cara, tu e Edgar siete una coppia di affettuosi amici! Siete carini insieme ma è evidente che fra voi non c'è passione! Vi rispettate, vi volete bene ma questo non è amore! Quanto credi possa durare questa commedia?».
Elisabeth le aveva preso le mani con fermezza e guardandola seriamente le aveva chiesto, diretta:
«Margaret Eleonor Campbell, guardami dritto negli occhi e dimmi, sei felice?».
Margaret, cercando la risposta nell'espressione severa della sorella, aveva balbettato:
«Non mi fa mancare nulla ...è... un uomo adorabile ...» e Beth, stringendo più forte le mani di Meg:
«Non ho chiesto questo, sei felice? Sei innamorata, è questa la vita che volevi?».

La risposta tardava ad arrivare e con voce strozzata da un nodo in gola, aveva finalmente ammesso i suoi tormenti: «Vorrei più di ogni altra cosa essere felice con mio marito e renderlo felice ... amarlo con tutta me stessa ...lo merita ...vorrei sentire la sua mancanza e fremere al pensiero di rivederlo ... desiderare il suo corpo, i suoi baci e le sue carezze ... ma ... non è così ...lo stimo, lui è fin troppo perfetto ...» e Beth di rimando:
«E tu non meriti di essere felice? Esatto, tesoro! Edgar è un uomo e un marito perfetto ma
non è perfetto per te! Quanti "ma" hai messo nei discorsi fatti fino ad ora? Ho perso il conto, troppi! Sei intrappolata in questo matrimonio che ti sta consumando... questa non sei tu! ...Quanto ti costa, in salute tutta questa situazione?»
«Questo ambiente non fa per me ... mi paralizza ... mi soffoca ... non mi sentivo così sotto esame nemmeno quando studiavo con l'arcigna Mrs. Wilson ...» aveva sospirato Margaret, con un filo di voce.
Elisabeth guardava la sorella minore con comprensione, tenendole le mani come per confortarla:
«Il vero amore, non è così ...credimi, so di cosa sto parlando ...Tu sei giovane, bella spontanea, è naturale essere travolti e coinvolti corpo e anima se c'è attrazione e sentimento e tra voi non sono scattati ...»
«Detesto sentirmi in questo modo ... mi fa male e mai vorrei ferire Edgar ma ... sto vivendo questo matrimonio come una punizione ... non c'è nulla che mi faccia sentire me stessa ...».
Elisabeth si era avvicinata a Margaret, con tono affettuoso aveva espresso il suo pensiero per alleviare l'opprimente senso di colpa della sorella:
«Lo so, tesoro, vedo ... ma queste cose si fanno in due.

Edgar è molto intelligente, sa che non siete felici ... per quale motivo credi sia dia tanto da fare, sempre in giro per il mondo, con la scusa del lavoro?... Sa di non poterti dare quello di cui hai bisogno e ti tiene a distanza! È abituato ad avere sempre tutto sotto controllo, a collezionare successi ma nel vostro matrimonio non è possibile e ne soffre ...».
Si era bloccata, per riprendere fiato e contenere l'emozione:
«La vita è breve, Meg ... l'ho imparato a mie spese ... darei tutta la mia ricchezza se servisse a far tornare il mio Adam ...ma non si può ...non sappiamo cosa avrà in serbo per noi il destino, per questo devi prenderti i tuoi momenti di felicità, qualunque cosa ti aiuti a stare meglio ...sono necessari per andare avanti ...Carpe diem cara, carpe diem ... e poi, da qualche parte bisogna pur iniziare per cambiare il mondo!».
Si erano scambiate un complice sguardo di commossa ironia e come liberata da un peso sul cuore, Beth non aveva trattenuto lo slancio di abbracciare Meg in segno del suo immenso affetto e della sua comprensione.
Margaret era sollevata dopo aver parlato con la sorella, era di fondamentale importanza averla accanto, come da bambina, questo senso di protezione la rassicurava, l'aiutava a leggere dentro se stessa e a capirsi meglio, era certa di poter contare sempre su di lei, in qualunque occasione, felice o avversa e anche questo e le era indispensabile per andare avanti.

CAP. IV

Un pensiero costante

«Bentornato Edgar! È un piacere averti di nuovo a casa! Hai fatto un buon viaggio?».
Aveva cinguettato Lady Clarice con tono melenso:
«Nancy! ...Nancy! ... Dov'è quella benedetta ragazza, possibile che non c'è mai quando ho bisogno di lei!».
Matilde era apparsa, col fiato corto, sulla porta della sala da pranzo e con un inchino aveva salutato, scusandosi timidamente:
«Buon giorno signori, perdonatemi, Nancy è in lavanderia, My Lady, in cosa posso servirvi?».
Lady Clarice, per sottolineare la sua autorità, oltre che per compiacere e adulare il genero, aveva risposto altezzosa:
«Meno male ci sei tu, Matilde, ricorda a Nancy che deve rispettare gli incarichi e la puntualità, non voglio più ripeterlo!».
Cambiando poi tono, rivolta ad Edgar, aveva continuato la sua sdolcinata e ossequiosa scenetta:
«Siediti Edgar caro, rilassati, sarai stanco ...gradisci mangiare qualcosa di particolare? Dico alla cuoca di preparartelo! ...Matilde, puoi servire la colazione e manda Nancy a chiamare mia figlia, siamo già tutti a tavola! Vai pure, grazie!».
Edgar, impacciato per tutte quelle esagerate attenzioni e per quella raffica di ordini, aveva ringraziato facendo accomodare Lady Clarice.
Proprio mentre la donna stava per sedersi, Margaret aveva fatto la sua comparsa sull'ingresso della stanza.
Senza neppure dare il tempo ai giovani di scambiarsi qualche parola, Lady Clarice aveva ripreso a ciarlare:

«Eccoti, finalmente, buon giorno, non è educato far aspettare tuo marito ... siediti qui cara, accanto a lui, avrete tante cose da dirvi, immagino!».
Margaret era riuscita a interrompere, per un attimo, la madre con una breve frase:
«Buon giorno a tutti, bentornato Edgar ...».
Il giovane conte, ancora in piedi, andandole incontro, visibilmente imbarazzato, aveva ricambiato il saluto con tono affettuoso, posandole un casto bacio sulla fronte:
«Buon giorno Margaret, sei splendida, come sempre ...» le aveva poi galantemente scostato la sedia per farla accomodare, aggiungendo:
«È bello vederti ... ti trovo molto bene ...».
Margaret indossava un sobrio abito color cipria con volant di pizzo blu, sulla contenuta scollatura e sui polsi, i capelli erano elegantemente raccolti sulla sommità del capo e ornati con un nastro dello stesso pizzo del vestito che creava un gradevole contrasto fra i biondi riccioli esaltandone i riflessi dorati e il fascino innato.
Quale uomo non avrebbe apprezzato tanta bellezza ed eleganza?
Il composto conte, guardava con tenerezza la sua giovanissima moglie, non poteva negare che fosse stupenda ma la guardava con discrezione, abbassando lo sguardo di tanto in tanto, timoroso di mostrarsi troppo audace agli occhi dei suoceri o troppo invadente e inopportuno verso Margaret.
Al termine della colazione, accompagnata dal continuo chiachiericcio di Lady Clarice, Il Barone Campbell si era congedato dai commensali menzionando un importante incontro di lavoro e Edgar aveva invitato Margaret ad uscire in giardino per liberarsi, con le buone maniere, dalla presenza ingombrante della suocera che non li aveva

abbandonati un istante:
«Perdonateci Baronessa, vogliate scusarci ... gradirei stare un po' con la mia incantevole moglie ...».
«Ma certamente, piccioncini, vi lascio soli ... ho mille cose di cui occuparmi per la cena di domani stasera ... a proposito, manda i miei saluti ai tuoi genitori è sempre un onore averli miei ospiti ...buona passeggiata!».
Senza voltarsi era uscita dalla sala da pranzo, affrettando il passo.

Nella quiete del parco, Edgar aveva preso la mano di Margaret per incamminarsi sul lungo viale di tigli, cercando qualcosa di appropriato da dire per fare conversazione.

Non capiva il motivo di tanto disagio, sapeva tener testa ai più ostinati finanzieri, si batteva come un leone nelle trattative d'affari più complesse portando sempre a termine il risultato migliore ma accanto a Margaret la sua sicurezza di navigato uomo maturo, era inutile, non aveva argomenti, non si sentiva a suo agio, provava a convincersi che era sua moglie e avrebbe dovuto trattarla come una donna, aveva corteggiato altre donne, sapeva cosa fare, ma per quanto si sforzasse non vedeva altro che una bambina e dopo quasi un anno di matrimonio continuavano ad essere due perfetti educati estranei. Tenendole sempre la mano, l'aveva attirata a sé per sussurrarle tra i boccoli, raccolti sulla nuca che le accarezzavano le spalle:

«Come stai? ...È successo qualcosa di interessante in mia assenza?».

Le aveva poi sfiorato una guancia per scostarle un ricciolo ai lati del viso.

Margaret, impacciata, le aveva risposto cortese:

«Nulla di speciale, sempre le solite cene e incontri

organizzati da mia madre... tu piuttosto che sei sempre in giro per il mondo, avrai aneddoti più emozionanti da raccontare...».
Edgar, sempre tenendole la mano, aveva cominciato a parlarle del suo viaggio e degli eccentrici e curiosi personaggi incontrati, mentre passeggiavano l'uno accanto all'altra.
L'interesse di Margaret non era dei migliori, con la mano in quella di Edgar, era volata con la mente a quando André gliel'aveva presa fra le sue, sfiorandogliela con quel lieve bacio.
Improvvisamente si era bloccata, timorosa che quegli strani pensieri si potessero intuire.
Mille contrastanti sensazioni le suscitavano altrettante strane domande, torturandola e senza trovare risposta.
Perché, vicino a suo marito, non riusciva a stare bene, a gioire della sua presenza e godere della sua compagnia, senza disagio?
Perché, accanto a lui, non poteva evitare di pensare ad André?
Perché temeva che Edgar volesse baciarla e desiderava solo che al suo posto ci fosse André?
Tutto questo la disorientava, agitandola. Si sforzava di ignorare quel miscuglio di provocanti pensieri e di imbarazzanti emozioni... Basta, doveva smetterla!...
Non era rispettoso!... Era sposata!
Si impegnava a tutti i costi a mantenere la concentrazione su Edgar e sul suo discorso ma le parole le giungevano vaghe, come un ronzio d'insetti intorno a lei.
«Ti senti bene? ... mi sembri assente ...fa troppo caldo? Vuoi rientrare?».
Quella domanda aveva risvegliato Margaret come dal torpore del sonno che furiosa con se stessa si era imposta

di riservare al marito il comportamento adeguato che meritava.

Affidandosi a tutto il suo autocontrollo, gli aveva messo un braccio intorno alla vita per accompagnarlo sulla panchina, di fronte alle fontane, senza mai staccarsi da lui:

Scusami, sì, forse sono un po' accaldata ma... non voglio rientrare e una così bella giornata... sediamoci all'ombra del pergolato, là si sta meglio...».

Seduti una di fronte all'altro, guardandolo negli occhi, esibendo uno dei suoi sorrisi più accattivanti, Margaret, l'aveva rassicurato con dolcezza:

«Ecco, qui è perfetto, c'è un fresco venticello... Dicevi?».

Edgar aveva ripreso il suo racconto, passando poi ai particolari della cena in famiglia, l'indomani sera, quando la voce trafelata di Matilde li aveva interrotti:

«Perdonate l'intrusione, signori... Signor Conte, c'è Mr. Brown, dice che ha necessità urgente di voi in ufficio per alcune faccende finanziarie molto delicate... È venuto a prenderla con la sua carrozza, se volete seguirlo, sta aspettando in salotto per accompagnarla...».

Con un rispettoso inchino, la giovane governante era tornata, in gran fretta, alle sue occupazioni.

Dispiaciuto, Edgar, aveva salutato Margaret con il solito bacio sulla fronte e con l'accenno di un sorriso, si era congedato da lei:

«Sono desolato... il dovere mi chiama... cercherò di liberarmi al più presto, passa una buona giornata, cara...».

Ancora una volta gli affari e il lavoro avevano la precedenza su ogni altro aspetto della vita del suo rigoroso marito e se da un lato questo semplificava le cose a Margaret, dall'altra sottolineava ancora l'enorme differenza caratteriale e l'incompatibilità sempre più evidente tra loro, amplificando maggiormente l'inadeguatezza vissuta e le sostanziali diversità di approccio nei rapporti umani, affettivi sia in privato che in pubblico.

Tutto era programmato e irremovibilmente rispettato sotto la lente d'ingrandimento dello sguardo attento e inquisitore dell'alta società.

Non c'era emozione, sorpresa o inaspettate, piccole follie, Margaret, viveva all'ombra di un uomo sempre in primo piano, ammirato e stimato che pareva trovarsi piuttosto bene in questo scenario e lei doveva esserne la degna consorte, sempre all'altezza, senza protestare.

Era questa, dunque, la bella vita tanto invidiata da tutte le giovani aspiranti mogli dell'aristocrazia?

Era questa la vita che stava sprecando in cose futili, soffocando la parte più genuina e passionale del suo carattere e della sua spensierata età?

Improvvisamente tutto le era apparso chiaro, sentiva la vista annebbiarsi dalle lacrime, le mancava l'aria esattamente come la sua libertà, le mancava muoversi, esprimersi, fare ciò che le piaceva, amare chi e come voleva.

Per troppo tempo teneva nascosta la vera Margaret sotto la tanto complicata immagine sottomessa, prima di figlia e poi di moglie perfetta...

Era stanca, anzi, esausta, tutto questo prosciugava ogni sua energia e la sua innata voglia di vivere.

Lei non era perfetta e ciò non era né una colpa e neppure una vergogna, Beth aveva ragione, non poteva continuare questa commedia in eterno, mettendo a rischio la sua salute.

Stringendo i pugni, lungo i fianchi e ricacciando indietro

le lacrime, si era ripromessa che da quel momento in poi, avrebbe trovato la sua felicità, in ogni occasione offertale dalla vita, l'avrebbe colta al volo, qualsiasi essa fosse e se la sarebbe presa e vissuta a modo suo, con tutta se stessa senza pensare a nulla.

CAP. V

Tra imbarazzo e dovere

La cena era stata servita nel salone delle grandi occasioni. Lady Clarice aveva esasperato allo sfinimento la cuoca e la servitù per far sì che la serata fosse perfetta per impressionare i consuoceri. Ogni portata, ogni dettaglio sulla tavola e nella stanza erano stati studiati con cura e meticolosa pignoleria per onorare gli stimati ospiti.

I Duchi Linderberg non si lasciavano facilmente lusingare da tante esagerazioni e per quanto fossero abituati a ricevere un trattamento di tutto rispetto, erano più attenti alla sostanza che alla forma.

Non ritenevano necessarie le palesi smancerie e i continui modi esageratamente ossequiosi, non richiesti, ma sopportavano con rispetto per amore dei ragazzi.

Avevano cenato, conversando insieme, con amabile educazione, per tutta la sera, assecondando i continui elogi della padrona di casa più per godersi la compagnia del figlio che per gradita affinità caratteriale coi coniugi Campbell.

A stento le conversazioni erano fluite su argomenti interessanti e per concludere la cena, dopo il dessert, i commensali si erano accomodati in salotto per un whisky e proseguire le loro chiacchiere.

Lord Campbell aveva preso, dal vassoio posto sul mobile dei liquori, i bicchieri col pregiato distillato, li aveva offerti agli uomini e mentre ne porgeva uno a suo genero, l'aveva incalzato con tono sarcastico e falsamente bonario:

«Bene mio caro Edgar, spero ti fermerai a casa più a lungo questa volta e... dimmi...quando ci riuniremo qui per

brindare all'arrivo di un bel nipotino?». Lady Clarice, non aveva esitato ad associarsi alla richiesta e rivolta verso Margaret aveva aggiunto quasi con una punta di rimprovero:
«Sarebbe una splendida notizia, non è vero cara? Dovresti impegnarti un po' di più a questo proposito! Metti da parte la pittura e i libri e dedica più tempo al tuo bel marito!».

Margaret, evidentemente turbata dall'insensibilità dei genitori per quella domanda così intima e fuori luogo, arrossendo, mortificata, cercava di rispondere in modo adeguato e soprattutto educatamente in presenza dei suoceri.

Lady Ingrid aveva osservato attenta la scena e con intelligenza aveva preceduto Margaret mostrandole comprensione e solidarietà femminile, togliendola dall'imbarazzo:
«Sono certa che non stia a noi dire ai ragazzi quando e come fare certe cose, sono grandi abbastanza! Non temete, Lady Clarice, sapranno loro quando sarà il momento e vedrete che arriverà anche un nipotino!»
Rivolta poi a Margaret, con un sorriso affettuoso, aveva concluso ferma, smorzando la conversazione:
«Siete sposati da poco, è giusto che vi prendiate il tempo necessario per conoscervi meglio!».

Edgar, grato alla madre per il suo intervento, aveva aggiunto in supporto a Margaret, prendendole una mano:
«Esattamente, non c'è nessuna fretta, ci stiamo abituando al matrimonio, ogni cosa a suo tempo...».

Senza poter replicare, Lady Clarice, consapevole di aver parlato troppo, aveva cambiato rapidamente discorso portandolo sul suo argomento preferito: i pettegolezzi.

Con gran sollievo di Margaret, finalmente la tortura si era

conclusa e con essa anche la serata.
I suoceri si erano congedati fra saluti e ringraziamenti, lasciando la dimora dei Campbell.
Dopo aver dato disposizioni alla servitù, per resettare la sala da pranzo, Lady Clarice aveva salutato educatamente per poi raggiungere Lord Arthur e insieme ritirarsi nelle loro stanze.
Edgar, visibilmente stanco, sospirando, aveva messo un braccio intorno alla vita di Margaret in segno di sostegno, chiedendole con premura:
«Stai bene?... serata impegnativa, vero? Preferisco di gran lunga trattare con banchieri e investitori!... Mi dispiace se ti hanno messa a disagio e... scusami se non sono intervenuto subito... mi hanno colto di sorpresa, non mi aspettavo questo genere di discorsi, a cena...».
Margaret, appoggiandosi a lui, esausta, gli aveva risposto con dolcezza:
«Non preoccuparti, non è colpa tua... ci sono abituata... per fortuna tua madre si è messa dalla mia parte...è stata molto carina...»
«Sai che ti vuole bene e ti capisce, non sopporta di vederti in difficoltà, è stato naturale per lei...».
Margaret aveva alzato gli splendidi occhi blu come l'oceano verso quelli del marito e con un sorriso di gratitudine aveva aggiunto:
«Grazie, apprezzo il vostro riguardo nei miei confronti... saliamo in camera, sono sfinita, credo che anche tu abbia bisogno di dormire...».
Edgar aveva annuito, sfiorandole la fronte con un leggero bacio poi, per mano erano saliti al piano di sopra.
Più tardi, seduto sul letto, appoggiato a due grossi cuscini, il Conte Edgar, fingeva di esaminare, con attenzione, una serie di scartoffie, piene di cifre e dati finanziari, mentre

in realtà, di sottecchi, guardava Margaret che si scioglieva i capelli e li spazzolava lasciandoli ricadere, come una cascata d'oro, sulle spalle scoperte.

Anche col pesante abito indossato, si notavano le sinuose forme del suo sensuale corpo: la vita stretta, ben disegnata dal corpino aderente, i fianchi e il seno più morbidi evidenziati da vaporosi drappeggi che ornavano la scollatura e le braccia fino a metà manica.

Edgar osservava rapito quel rituale fatto di movimenti continui e aggraziati, pareva una danza armoniosa.

Le dava la schiena, intenta a pettinarsi, vedeva i contorni della sua sagoma molto femminile, illuminata dalla fioca luce delle lampade, fissate alle pareti.

Era bellissima...

In quella penombra non si percepiva la sua giovane età, tradita da un corpo di donna.

Si era scostata dalla specchiera per togliersi le scarpe e sfilarsi le calze, lentamente, prima una e poi l'altra, dopo aver sollevato, con garbo, l'ingombrante gonna dell'abito fino sopra al ginocchio.

Le lunghe gambe, snelle e tornite, in quella posa provocante ma per niente volgare, esprimevano la giusta alchimia di innocenza e sensualità, si muoveva in modo naturale incurante di ciò che suscitava, quello spettacolo, nella parte maschile più istintiva del suo spettatore sempre assopita sotto un'inscalfibile razionalità.

Il serioso conte scrutava, perplesso, cercando di carpire, in quei gesti, se Margaret volesse mandargli qualche segnale, un cenno d'incoraggiamento per superare quella barriera presente fra loro.

Era forse pronta a sbloccare la situazione di stallo che si era creata?

Non gli andava di forzare le cose, conosceva lo stato

d'animo di Margaret e le sue difficoltà, lo leggeva nei suoi occhi malinconici, percepiva il suo disagio nel continuo sfuggirgli nei rari momenti di contatto o d'intimità. Era confuso.

Avrebbe potuto ignorarli, avvalendosi dei suoi diritti di marito e di sano maschio ma la sua correttezza e la sua educazione gli impedivano di prendere iniziative premature, imponendosi con egoistici comportamenti animali, sua madre non gliel'avrebbe mai perdonato.

Fin da bambino gli aveva inculcato questo valore e gli pareva di sentirla:" le donne vanno trattate col dovuto rispetto, non sei un vero uomo se non rispetti le donne e ancor di più tua moglie!"

Infondo non faticava a concederle tutto il tempo necessario per prendere confidenza con questo stato di cose, lui stesso era frenato dalle stesse inibizioni, occorreva tanto tatto e altrettanta pazienza.

La voce di Margaret aveva interrotto le sue riflessioni: «Edgar?... Edgar!... scusa, non voglio distoglierti dai tuoi complicati documenti ma... saresti così gentile da sbottonarmi il vestito?»

Mostrandosi indifferente per nascondere l'espressione colpevole di averla spiata con una punta di inquieto desiderio, l'imperturbabile Conte, si era alzato dal letto, mettendosi dietro di lei:

«Mi fa piacere essere disturbato per queste cose ...».

Le aveva sussurrato incominciando, dall'alto della lunga fila di asole, a liberare i piccoli bottoni di raso blu notte.

La carnagione, lievemente rosata di Margaret, esaltata dal vestito scuro, l'intrigava e mentre le sfiorava la pelle liscia della schiena, sotto l'apertura dell'abito, Edgar, non aveva trattenuto l'impulso di baciarle il collo e le spalle, esposti, respirando a fondo la fragranza di fiori che aveva sulla

pelle e diffondeva per tutta la stanza.
Quasi stordito si era lasciato andare per un attimo: «Sei così bella... vorrei vederti felice...vorrei darti la felicità che meriti...».
Quelle parole, cariche di frustrazione e tristezza, erano state per Margaret, un colpo allo stomaco.
Ancor più combattuta tra un forte senso di colpa e un egual senso del dovere, si era girata per guardarlo negli occhi, comprendendo cosa provava, voleva scusarsi e per soffocare il monito di quella frase che le ricordava i suoi doveri di moglie, l'aveva baciato.
Voleva accantonare tutto e provare ad alimentare quei sentimenti, molto diversi da quelli che avrebbe desiderato e pur non essendo folli e incontrollabili, erano presenti.
Edgar, sorpreso da quella reazione, aveva ricambiato cautamente il bacio, incerto delle intenzioni di Margaret e ancor più incerto delle sue.
Era il primo vero approccio intimo da quando erano sposati e la cosa avrebbe dovuto incoraggiarlo, aiutarlo a vivere questo momento con naturalezza, era normale tra una coppia di sposi, avrebbe voluto abbandonarsi agli istinti del suo corpo, non farsi domande o porsi dei limiti, ma era tutto troppo insolito per lui e maledettamente difficile adattarsi al concetto che stava baciando una donna, sua moglie e non una ragazzina.
Edgar le aveva sfilato l'abito con calma, lasciandolo cadere ai piedi di Margaret.
Seguiva con timide carezze ogni sua morbida curva, sopra la leggera sottoveste, dal collo alle spalle, dal seno al ventre fino alle cosce, con dolcezza e rispettosa delicatezza.
Non voleva turbarla e sondava il terreno per studiare le sue reazioni e fin dove avrebbe potuto spingersi.

L'aveva presa per mano e si erano distesi sul letto per continuare quell' inaspettata esplorazione sperando che si trasformasse in qualcosa di eccitante e travolgente. Edgar aveva ripreso a baciarla, dolcemente, cercando di sentire quel trasporto e quel desiderio che non arrivavano, sentiva solo la scarsa partecipazione di Margaret, quasi immobile sotto di lui, sempre più assente e rigida con quella sorta di rassegnazione negli occhi che non riusciva ad ignorare e gli impediva di proseguire.

Non poteva andare oltre, era troppo umiliante per entrambi, era evidente la mancanza di attrazione e di sentimento fra loro, certamente per motivazioni simili ma viste da prospettive diverse e dopo aver ripreso il suo proverbiale autocontrollo, si era staccato da Margaret, preoccupato, sistemandosi in ginocchio, accanto a lei:

«Ho fatto qualcosa di male?... forse ho frainteso il senso di quel bacio...vorrei che mi dicessi cosa ti blocca, dimmi quello che provi, liberamente... anch'io sono a disagio... mi fa male vederti così... non possiamo risolvere le cose se non ne parliamo...».

Margaret, con le guance in fiamme, turbata, aveva afferrato un capo del lenzuolo per coprirsi e con gli occhi pieni di lacrime, aveva tentato di dargli una spiegazione plausibile per non ferirlo ulteriormente:

«No... non hai fatto nulla di male... perdonami, sei sempre molto comprensivo... deve essere stata l'ansia di stasera, non mi sento bene... ho un fastidioso mal di stomaco...».

Per quanto Edgar comprendesse lo stato d'animo di Margaret, sapeva in cuor suo la natura del problema e si chiedeva se la pazienza e il tempo potessero cambiare le cose.

Era sceso dal letto per prendere la camicia da notte sulla

poltrona e porgendogliela, poi, col suo solito tono pacato, l'aveva rassicurata:

«Stai tranquilla, non preoccuparti... tieni, non prendere freddo... stai tremando... posso abbracciarti?».

Margaret, con un cenno del capo, aveva annuito, provando a sorridere:

«Certo... ne ho bisogno... grazie...»

«Vieni qui... dormi adesso, ti farà bene... vedrai, domani andrà meglio... buona notte...».

Edgar le aveva sistemato le coperte prendendola teneramente fra le braccia, per riscaldarla e tranquillizzarla, con un lieve bacio sulla fronte le aveva sussurrato:

«Dormi bene, Margaret...».

Margaret si era accoccolata con la schiena contro il petto di suo marito, sentiva il battito del suo cuore, un cuore buono e pieno di nobili sentimenti, se solo avesse potuto amarlo... Era un uomo meraviglioso, sarebbe stato perfetto come fratello maggiore... ma non come suo marito.

La sua mente e il suo corpo, però, l'allontanavano, riportandola a quel giorno, verso un altro volto, un altro corpo, verso quelle sensazioni sconosciute, sempre con la stessa insistenza, con lo stesso pensiero fisso.

Edgar teneva Margaret stretta a sé, analizzando ciò che era appena accaduto come era solito fare in ogni situazione.

Rifletteva: si era cacciato in qualcosa di più complicato del previsto, non erano fatti per stare insieme, erano troppe le motivazioni.

Era evidente: se Margaret avesse potuto scegliere chi sposare non avrebbe, di sicuro, scelto lui e questo era reciproco.

Lei subiva passivamente l'imposizione di un matrimonio e di una vita causa d'infelicità, solo per remissivo senso del dovere, assumendosi gli oneri del caso, al meglio delle sue possibilità, a discapito dei suoi sentimenti e della sua salute.

Come biasimarla!

Dal canto suo, lui, aveva assecondato il volere del padre per ben altri più nobili motivi ma si trovava intrappolato, alla medesima maniera, nella stessa infelicità ma con la scappatoia di poter sfuggire a questa realtà viaggiando e buttandosi a capofitto nel suo amato e gratificante lavoro.

Questo non era possibile a Margaret, costretta a passare le sue giornate con monotone occupazioni all'interno della residenza o in società, fra salotti e ricevimenti poco graditi e fonte di sole costrizioni e frustrazione.

Doveva ammettere che considerate le circostanze, se la cavava piuttosto bene, al suo posto, non avrebbe saputo fare di meglio.

Non sapeva gestire quell'acerbo candore, non voleva essere un altro dei suoi innumerevoli dispiaceri e anche se non erano innamorati, nutriva per Margaret un sincero affetto.

Le suscitava un forte senso di protezione e tanta tenerezza, gli pareva di coccolare una sorella minore che svegliata, nel cuore della notte, dai suoi incubi peggiori, si intrufola, impaurita, nel letto del fratello per trovare nelle sue forti braccia, la sicurezza capace di scacciare i brutti sogni e farle riprendere il sonno.

Loro, però, erano sposati, aveva preso un impegno e doveva mantenerlo al meglio delle sue capacità anche se la cosa stava sfuggendo al suo ammirevole controllo.

Si domandava quanto tempo era disposto a concedere al loro rapporto per vedere se ci sarebbero stati cambiamenti positivi, anche il matrimonio era un contratto e l'avrebbe rispettato seriamente, poi, a suo tempo, avrebbe parlato con Margaret, avrebbe affrontato il problema e insieme avrebbero tirato le somme.

Adesso, era esausto, troppi ragionamenti, tutti questi pensieri gli riempivano la testa provocandogli una fitta alle tempie... Meglio dormirci sopra...

L'indomani l'attendeva un lungo viaggio.

CAP. VI

Una relazione pericolosa

Nella sua modesta camera da letto, Matilde aspettava con trepidazione, stringendosi le coperte fino al mento.
Era già notte fonda e trasaliva ad ogni rumore che riecheggiava, nel silenzio notturno, dagli ampi saloni al piano di sopra.
Faticava a stare ferma nel grande letto diviso con Nancy, sua amica e compagna di lavoro.
Matilde da due anni era al servizio dei Baroni Campbell, con perseveranza e impegno, si era guadagnata la stima e la fiducia di Lady Clarice, svolgendo le sue mansioni col massimo rispetto verso la nobile famiglia che l'aveva assunta, offrendole vitto e alloggio oltre a un buon salario, indispensabile per aiutare la sua famiglia in serie difficoltà.
Quando suo padre si era ammalato, a diciassette anni, Matilde aveva dovuto, con enorme dispiacere, interrompere i suoi studi di filosofia e lingue straniere, vedendo così infrangersi il suo ambizioso sogno di diventare interprete o assistente di personalità illustri come diplomatici e politici.
Si era rimboccata le maniche per portare il pane in tavola e per sostenere le spese delle cure del padre fino al tragico giorno della sua morte. Da quel momento era diventata il "capofamiglia", un supporto emotivo ed economico per sua madre e i suoi tre fratelli minori.
Si era impegnata con tutte le sue forze e grazie alla sua educazione, alla sua intelligenza e a una discreta istruzione si era integrata molto bene al servizio delle famiglie aristocratiche, meritando sempre

apprezzamento ed elogi.

Dopo le raccomandazioni della Duchessa Donwall, terminato un lungo periodo di servizio, aveva acquisito ottime referenze, che avevano ben impressionato la Baronessa Campbell, ad accoglierla alle sue dipendenze come governante del palazzo.

Anche Lady Campbell le aveva espresso la sua soddisfazione e per gratificarla del lavoro svolto le aveva concesso di formare e seguire le ragazze più giovani che iniziavano il servizio, concedendole più responsabilità e aumentandole il salario.

Si era sudata quella posizione e oggi, dopo anni di sacrifici, non aveva nessuna intenzione di metterla a rischio per la stupidità e la leggerezza della sua compagna di stanza.

Fissava nervosamente il soffitto verde acqua, illuminato fiocamente da una falce di luna e continuava a muovere le gambe fuori e dentro dalle coperte per scaricare la collera che sentiva montarle dentro come un fiume in piena:" piccola incosciente senza senno, giuro che ti farò pentire di questo comportamento...ti strapperò i capelli ad uno ad uno e ti legherò al letto se sarà necessario..." Aveva pensato Matilde, furibonda, vedendo quanto tardava Nancy.

La lunga treccia color rame le si impigliava sotto la camicia da notte mentre si rigirava tra le lenzuola, sempre più agitata.

Aveva provato mille volte a far ragionare la sua giovane amica.

Non approvava comportamenti sconsiderati, poco dignitosi e ancor meno, poco rispettosi sia nella vita che nel lavoro, si era sempre impegnata con responsabilità, accettando seriamente anche le occupazioni più umili

per guadagnarsi onestamente da vivere, era fiera di ciò che faceva non poteva permettersi di rovinare la sua immacolata reputazione conquistata con tanto duro lavoro per coprire i capricci insensati di Nancy.
Aveva ormai perso ogni speranza.
La pendola, al lato della scalinata d'ingresso aveva appena suonato le due e trenta coi suoi cadenzati rintocchi.
Finalmente la porta della stanza si era aperta lentamente per scongiurare il più piccolo cigolio.
Come una ladra, guardandosi intorno, Nancy era entrata di soppiatto, con un movimento rapido, chiudendosela alle spalle.
Aveva poi tirato i due chiavistelli e con un profondo sospiro di sollievo si era appoggiata con la schiena all'uscio, ancora ansimante per la corsa fatta.
Matilde avrebbe voluto gridarle ogni tipo di sproloquio, le guance le bruciavano, i bei occhi castani, solitamente caldi ed espressivi la fissavano vitrei, sgranati per la rabbia:
«Sei una pazza! Anzi, una pazza incosciente! Sai che ore sono? Mi farai venire un colpo!». Aveva buttato fuori tutto d'un fiato con voce soffocata per non farsi sentire.
Nancy non aveva mai visto Matilde così infuriata e rendendosi conto della preoccupazione dell'amica, aveva replicato mortificata:
«Mi dispiace tanto, Matilde...non volevo farti stare in ansia e...tenerti sveglia...il tempo mi è volato...non mi sono resa conto...»
Matilde, sempre più alterata:
«È proprio questo il punto! Tu non ti rendi conto del mare di guai in cui ti stai cacciando e trascinerai a fondo anche me, con le tue malefatte!».
Nancy si era seduta sul lato del letto, con lo sguardo basso,

sulle mani intrecciate in grembo.
Con un filo di voce, con aria colpevole, l'aveva rassicurata:
«Giuro che non ti coinvolgerò in questa storia...te lo prometto...non andrà avanti ancora per molto... noi ci amiamo e...vuole sposarmi...» aveva poi alzato gli occhi per guardare in quelli di Matilde, con determinazione:
«Non voglio fare la serva per sempre, odio questa vita e farò di tutto per cambiarla...mi ha chiesto di avere ancora un po' di pazienza, sta aspettando il momento giusto...mi sposerà e...anch'io farò la signora!».
Matilde, facendo appello a tutto il suo buon senso, aveva iniziato l'ennesima predica col suo solito tono compassionevole:
«Oh, povera, piccola Nancy! Non capisco se sei più ingenua o più stupida...come devo fare per convincerti che i ricchi non sposano quelle come noi, soprattutto se sono già sposati! Siamo serve, Nancy, e questo è l'unico posto che ci spetta nel loro mondo dorato...apri gli occhi prima che sia troppo tardi! Non ti sposerà mai! Non lascerà mai la sua ricca moglie e la sua bella vita agiata, sta troppo bene dov'è!».
Nancy ascoltava in silenzio con aria imbronciata mentre Matilde continuava:
«Tu per lui sei solo un eccitante giocattolo nuovo e quando si sarà stancato, ti butterà via per passare ad un altro più stuzzicante!»
Nancy, sempre in silenzio, si scioglieva la treccia di capelli corvini raccolti in una crocchia.
I grandi occhi scuri, pieni di lacrime, rifiutavano quelle parole così dure per sconfiggere la paura che potessero essere vere, e stringendo il pettine fra le mani aveva replicato con fierezza:
«Merito anch'io di fare una bella vita, cos'hanno, più di

noi, queste ricche nobildonne? Detesto servirle e riverirle solo perché sono nate in famiglie facoltose! Me l'ha promesso e quando sarà il momento mi sposerà!».
Matilde esasperata da tanta cocciutaggine, aveva continuato il suo sermone, nella speranza di farla rinsavire:
«Sì, certo! Come no! Ti sposerà quando nevicherà all'inferno! Sei un'illusa! Ti stai rovinando per nulla! Metti fine a questa storia impossibile finché sei in tempo! ... Vuoi fare la fine di Jane? Nemmeno il figlio che portava in grembo l'ha smosso di un passo! È corso dalla sua mogliettina che ha sistemato tutto...e Jane è rimasta sola a crescere una creatura innocente, coperta di umiliazioni e vergogna! Pensaci bene, Nancy, è questo che vuoi? Ragiona, sei così giovane e carina, vuoi bruciare i tuoi vent'anni in questo malo modo...trova un bravo ragazzo, sincero, che meriti il tuo amore...uno come noi...Peter, per esempio, ti adora!».
Stizzita Nancy l'aveva interrotta:
«Uno stalliere? Mai! Mi sposerà, gli serve solo un po' di tempo!».
Ormai senza voce per il continuo predicare e per la stanchezza, Matilde aveva concluso spazientita:
«Sei più testarda di un mulo, se non vedi che ti sta usando solo per divertimento, perfetto, continua per la tua strada senza uscita, fai come ti pare, ma non venire a piangere e, soprattutto, non dire che non ti avevo messa in guardia! Mi farai impazzire ma voglio il tuo bene e questo genere di uomo ti rovinerà. Pensa a te stessa, a lavorare seriamente, dovresti lasciar perdere, tenere la testa bassa e cosce strette! Ascoltami una buona volta! È molto meglio per tutti!».
Si erano poi infilate sotto le coperte e conscia di aver

parlato al vento, Matilde aveva chiuso il discorso, stanca: «Adesso dormiamo, a proposito di lavoro, ci restano poche ore di riposo, buona notte...».
Girate su un fianco, l'una di schiena all'altra, erano crollate in un sonno profondo.

Cap. VII

Una via di fuga

Nell'ala opposta del palazzo al secondo piano, nella sua sfarzosa camera, un altro animo inquieto, ancora sveglio, fissava il soffitto dal suo comodo letto.
Come spesso accadeva, Margaret, faceva i conti con i suoi pensieri e rimuginava su se stessa e sulla vita che le era stata preconfezionata senza tenerla affatto in considerazione.
Quella splendida notte, quasi estiva, era scesa dal letto in punta di piedi, era uscita dalla grande vetrata sulla terrazza che dava sul mare.
Stava lì, immobile, rapita, con le braccia strette intorno alla vita.
Il cielo scuro, punteggiato di stelle si mescolava con il blu intenso dell'orizzonte, difficilmente visibile se non per quello squarcio di luce fredda irradiata da uno spicchio di luna.
C'era qualcosa di misterioso in quel tenebroso e selvaggio paesaggio ma, stranamente, non le faceva paura, lo sentiva affine a lei, come se avesse il potere di calmarle l'animo, sempre alla mercè di tormentati e contrastanti conflitti.
Avvertiva una sorta di richiamo primordiale, un'inspiegabile attrazione scatenata, forse, dalla bellezza di quella natura libera e incontaminata che suscitava in Margaret, la necessità di correrle incontro per ascoltarla, sentirla, respirarla e ritrovare quel senso di libertà che tante volte le aveva regalato.
La brezza fresca del mare le accarezzava il corpo coperto solo dall'impalpabile, candida camicia da notte, con

inebriante insistenza, per tutta la sua figura come il tocco sensuale di un amante.
Un brivido l'aveva scossa, percorrendole tutta la schiena, fino alla nuca.
Si stringeva più forte ma non si muoveva.
Non comprendeva questa nuova sensazione, sconosciuta sulla sua pelle, ma come sotto l'effetto di un incantesimo, sentiva solamente di voler abbandonarsi ad essa e gustarsela fino infondo, ad occhi chiusi.
D'improvviso, d'impulso, si era infilata velocemente le scarpe, senza calze.
A chi importava? Chi poteva vederla? Al diavolo l'etichetta!
C'era solo lei, il mare e la spiaggia.
Voleva sentire la sabbia sotto i piedi nudi, le onde tra le dita, come quando da bambina camminava e giocava sulla riva.
Si era avvolta in fretta in una mantella di pesante cotone ed era corsa a prendere Astrid, sì, era la notte perfetta per fare una corsa verso la libertà.
Intanto, in una locanda vicino al porto, quattro marinai giocavano a carte, bevevano birra e scherzavano prendendosi in giro:
«Che c'è André, è finita la tua fortuna ora che ti sei innamorato?» e ridevano tutti di gusto:
«E dai, non fare il guastafeste! Solo un'altra mano!».
Aveva supplicato Marcel al suo caro amico.
Da diversi giorni, André, non gli pareva più lo stesso, il suo spirito scanzonato, sempre allegro e pronto a divertirsi, si era assopito, c'era qualcosa di malinconico nel suo sguardo, era diverso e Marcel aveva intuito che non si trattava certo di nostalgia di casa.
André aveva buttato giù, tutta d'un fiato, la birra rimasta

nel suo boccale, quasi a soffocare il dolore della fitta procuratagli da quel ricordo che continuava a pungergli il cuore, scendeva nello stomaco per risalire e annidarsi nella mente senza dargli tregua.

Che stupido! Non era un po' troppo cresciuto per credere alle favole?

Lo sapeva bene, la sua era solo una bella illusione, una meta irraggiungibile per un umile marinaio...

Ma lei... Bellissimo angelo biondo, gli aveva rubato il cuore con un battito di ciglia e se l'era portato via, lasciandogli solo il suo profumo nel vento e il ricordo del suo radioso sorriso, seguiti dall'amarezza e dal senso di vuoto simili a ciò che resta al risveglio da un sogno meraviglioso.

André si era alzato dalla sua panca, salutando gli amici:

«Per me può bastare...sono stanco...a domani, ragazzi... buona notte» con aria assente si era diretto verso la sua stanza, quasi per sfuggire ai suoi demoni.

Marcel, con alcune rapide falcate, l'aveva raggiunto sulla scala di legno che portava alle camere, al piano superiore, con sospetto, aveva cercato di capire meglio:

«Hei, amico, cosa ti succede...stai bene? Vuoi compagnia? Ti ascolto! ... Dammi retta, non pensare troppo alla tua contessina se non vuoi farti male... quel tipo di donne non è per noi...» poi, con un'affettuosa pacca sulla spalla, l'aveva salutato:

«Sono qui sotto, se hai bisogno di me... dormici sopra... rimango ancora un po'... cercherò di non svegliarti... buona notte».

André, grato all'amico, sempre pronto a stargli accanto, aveva risposto con un mezzo sorriso:

«È tutto a posto, vai pure Marcel, non preoccuparti, ho il sonno pesante...Buona notte...».

Entrato nella spartana stanzetta, si era chiuso la porta alle spalle, soffermandosi sovrappensiero.
Dalla piccola finestra socchiusa, entravano aliti di fresca arietta salmastra.
Il cielo nero, cosparso di stelle, sovrastava la cittadina, quasi deserta.
A occhi chiusi, si era riempito i polmoni di quell'ossigeno che sentiva mancargli.
Dormire? Già, facile! Da quante notti non faceva un bel sonno ristoratore!
Da tanto... Da quella mattina al molo...
Chissà dov'era Margaret, adesso... forse nel suo lussuoso letto, fra morbide lenzuola di lino, fra le braccia del suo nobile e ricchissimo marito...
In città, tutti lo conoscevano... Uomo fortunato!
André fissava le fioche luci e il pallido spicchio di luna illuminare il molo, una strana, ingiustificata impazienza lo infastidiva, così come il pensiero che un altro uomo potesse toccarla...
Era uno sciocco a pensare a lei come se fosse sua, non ne aveva nessun diritto!
Meglio uscire, camminare gli avrebbe schiarito le idee, una boccata d'aria gli avrebbe giovato.
Non si era accorto di avere percorso tutta la spiaggia fino alla scogliera.
In quella calma notturna, il suo animo cercava pace e il fragore delle onde che si infrangevano sui massi rocciosi, nascondevano i suoi pensieri.
Si era seduto su un grosso scoglio a riflettere e per quanto provasse a trovare qualche lato positivo, non c'erano elementi a suo pro per la soluzione di questo spigoloso problema, ma lì, in quella quiete selvaggia, aspettava quel miracolo capace di dare una svolta a quella situazione

improbabile...
Se solo avesse potuto portarla via con sé... L'avrebbe amata con tutto il corpo e tutta l'anima per ogni giorno della sua vita...
Ma a cosa pensava? Cosa poteva offrire, un povero marinaio, a una donna come Margaret, una contessa? Proprio poco... Forse una piccola casetta in campagna, in cui abitare quasi sempre sola, data la necessità di stare mesi in mare per guadagnare meglio e mantenere la sua famiglia oltre che pagare le cure di sua madre... Quale vita avrebbe fatto, insieme a lui? Un'esistenza di sacrifici e privazioni... Avrebbe finito per odiarlo...
Ora Margaret aveva tutto ciò che potesse desiderare e non avrebbe mai rinunciato agli agi e alla rispettabilità del suo rango per scambiarli con rinunce e difficoltà.
Non c'era modo di mutare le cose, trascorse queste settimane, sarebbe ripartito, lasciandosi tutto alle spalle.
Avrebbe ripreso la sua modesta vita di marinaio... Meglio così... Per il bene di Margaret... Per il bene di tutti...
Nonostante sapesse quanto tutto questo fosse sensato e giusto, il pensiero gli faceva malededettamente male, si passava le mani tra i capelli spettinati, scostandoseli dalla fronte corrugata, con la testa china, cercava di ignorare quel pugno nello stomaco che gli toglieva il respiro.
Non serviva torturarsi.
Stava per andarsene, quando in lontananza, dietro di lui, un'esile sagoma l'aveva bloccato, attirando la sua attenzione.
Quella figura, così femminile, gli era famigliare: camminava con grazia, eterea, a piedi nudi, sulla riva del mare, pareva sospesa sull'acqua, assorta nei suoi pensieri, i lunghi capelli sciolti, danzavano nell'aria, teneva le scarpe in una mano e con l'altra si reggeva l'orlo della

veste per non bagnarla.
André non aveva bisogno di luce per vedere chiaramente, sapeva perfettamente chi fosse quella visione meravigliosa... Lei era la sua luce...
Con lo sguardo fisso su quell'immagine, come risucchiato da tutti i buoni propositi, le buone intenzioni e i ragionamenti sensati fatti fino a pochi istanti prima, si era diretto verso quell'essere meraviglioso, incapace di fermarsi.
Inspiegabilmente i loro pensieri si erano incrociati e, inconsciamente, Margaret, aveva alzato lo sguardo, visualizzando, col cuore in gola, chi le stava andando incontro.
Margaret camminava lentamente, assaporando ogni attimo che la portava dal protagonista indiscusso dei suoi pensieri dal giorno del loro incontro.
Il decoro, le buone maniere, il suo matrimonio, parevano svanire ad ogni suo passo per lasciare il posto a un solo concetto via, via materializzatosi in un'unica persona: André.
In quegli eterni istanti, il tempo si era fermato, il mondo intorno a loro era sparito, inghiottendo tutte le paure, le ansie e la tristezza vissute fino a quel momento.
Finalmente erano lì, l'una di fronte all'altro e nulla li rendeva più felici.
Incredulo, André, per assicurarsi di non sognare, l'aveva stretta forte a sé, poi le aveva preso il viso fra le mani per perdersi nei suoi splendidi occhi blu, estasiato.
Non riusciva a parlare, l'emozione troppo forte, glielo impediva, voleva continuare a guardarla per imprimersi nella mente ogni tratto del suo bellissimo viso... Era ancora più bella di come la ricordava.
Con immensa dolcezza, coi pollici, le accarezzava le

guance rigate di lacrime e commosso era riuscito a balbettare:
«Se...se sto sognando... non voglio svegliarmi... non piangere, mon amour... sei qui adesso... siamo qui...».
Margaret, sopraffatta da un terremoto di emozioni, aveva lasciato cadere sulla sabbia le scarpe e si era buttata fra le sue braccia, contro il suo petto per stringersi in quell'abbraccio che sapeva di mare, di libertà... Di felicità.
I loro cuori battevano all'unisono, il loro sangue fluiva veloce, come il tumulto delle onde.
Il desiderio impetuoso, scatenato in André, dal contatto del corpo di Margaret, abbandonata contro il suo, aveva reso inevitabile quel bacio, tanto atteso e carico di passione, amore, disperazione.
Mentre assaporava le sue labbra carnose e invitanti, esplorando la sua bocca, André, sentiva le tempie pulsare, la ragione offuscarsi, solo una cosa era chiara come un marchio stampato sulla pelle e nel suo cuore: non poteva rinunciare a lei, al suo amore, qualunque fosse il prezzo da pagare.
La sua bocca incandescente, scendeva insinuandosi, insistente, con solchi di fuoco, sul collo, dietro le orecchie, per scivolare sull'incavo dei seni, sulla leggera mussola della camicia da notte.
Lei rispondeva meravigliosamente ai suoi baci, alle sue carezze, sentiva i suoi capezzoli inturgidirsi fra le sue labbra, sotto il leggero tessuto e sotto l'apertura sul seno, dove le sue avide dita la stuzzicavano curiose, incapaci di trattenersi.
Margaret, stordita da quell'ondata sconosciuta di bollente piacere, aveva gettato la testa all'indietro, offrendosi a lui con totale spontaneità, gemendo tra un respiro e l'altro.
L'autocontrollo dietro al quale si era così ben protetta,

vacillava ad ogni bacio e ad ogni carezza, sentiva le ginocchia indebolirsi, i sensi acuirsi fino a consumare, in lei, ogni resistenza.

André, con presa sicura, l'aveva sorretta, per impossessarsi ancora della sua bocca, non gli bastava mai e come un naufrago assetato, trovava in lei acqua fresca e rigenerante.

Ora poteva respirare quell'aria che poco prima gli aveva tolto e finalmente gli restituiva permettendogli di vivere.

Per quanto la mente di Margaret fosse un intrigo confuso di pensieri e concetti in battaglia fra loro, uno solo era netto e palese: questo era quel totale sentimento capace di riempire ogni sua cellula, donandole un infinito senso di completezza, di appagamento, così forte e prorompente da non averne mai a sufficienza e di desiderare di viverlo sempre di più e per sempre.

Non c'era nessun imbarazzo, tra loro, tutto era spontaneo e naturale, le loro menti erano affini, i loro corpi si cercavano in un susseguirsi di sensazioni mai provate che esplodevano in una passione incontrollabile.

Lì, avvinghiata a lui, Margaret, non aveva paura, sapeva esattamente quello che voleva, lo sentiva, lo respirava, lo assaporava con ogni fibra del suo corpo.

Era felice, lui era la sua felicità.

Sotto quelle carezze bramose, crollava ogni difesa, ogni pudore, ogni barriera.

Sarebbe stato facile abbandonarsi completamente a lui e regalargli la sua verginità, non c'era nulla di sbagliato, lo voleva, André era il suo bel marinaio dagli occhi malandrini che gli aveva fatto perdere la ragione, la faceva sentire viva, senza timori, senza freni, la faceva sentire donna, la sua donna, tutto questo era il suo angolo di felicità e voleva prenderselo ad ogni costo, ne aveva bisogno, le spettava.

Senza fiato, André, si era staccato per un attimo da Margaret, accorgendosi dal leggero tremore che l'aveva pervasa e solo allora si era reso conto del suo abbigliamento, da fargli confondere un fremito di eccitazione con un brivido di freddo.

Con senso di colpa, si era tolto rapidamente la giacchetta di cotone, color tabacco, per coprirle le spalle delicate e scaldarla con le sue braccia robuste.

La teneva teneramente appoggiata al suo petto vigoroso, cullandola al ritmo del suo cuore palpitante e forse troppo precipitoso:

«Perdonami, chérie, non volevo essere tanto invadente o approfittare di te... sei così bella, mon amour... ho perso la testa... credevo non ci saremmo più rivisti... mi sei mancata tanto da stare male...». Le sussurrava quelle parole dense di sentimento, fra i capelli, esprimendo sinceramente le sue emozioni, senza nasconderle.

Margaret si stringeva a lui, cingendolo per la vita con le esili braccia, per fermarlo così, insieme a lei il più a lungo possibile.

Aveva alzato lo sguardo per accertarsi che tutto fosse reale e con la voce rotta dall'emozione, gli aveva confessato:

«Oh, André, mi sei mancato tanto anche tu...non è passato un solo giorno o una sola notte in cui non abbia pensato a te... mi sono rimproverata per avere desiderato mille volte che accadesse tutto questo... non dovrei essere qui...sono sposata... ma è stato più forte del buon senso... l'istinto mi ha portata da te...».

Quelle parole suonavano alle orecchie di André come una dolce musica, ora sapeva di non essersi sbagliato, le aveva dato la conferma di ricambiare gli stessi suoi

sentimenti...
Margaret, il suo splendido angelo biondo, era sua.
La guardava negli occhi, naufragava in quel blu penetrante, li vedeva colmi di tristezza ma illuminati da una scintilla di desiderio che bruciava per lui e accendeva i suoi sensi.
Troppo bello per essere vero e consapevole degli innumerevoli ostacoli tra loro, solo causa di grosse complicazioni, l'aveva strinta ancora più forte per confortarla:
«Non mi importa se sei sposata, lo so... se fossi felice non saresti qui... mi basta che ora tu sia con me... farò tesoro di tutto ciò che vorrai concedermi, devi sentirti libera di fare quello che desideri... ho pensato troppo, non voglio più tormentarmi... voglio viverti, non mi importa per quanto tempo sarà... Ti amo Margaret, da quando ti ho vista sul molo... mi hai stregato... ti amo e ti amerò per sempre...se e fino a quando lo vorrai...».
André aveva concluso la sua dichiarazione d'amore con un tenero bacio sulle labbra tremule di Margaret, commossa.
Margaret sentiva il cuore scoppiarle nel petto... Troppe emozioni forti, tutte insieme...
Le parole di André avrebbero dovuto rassicurarla ma, infondo, l'avevano scossa ancora di più, l'avevano messa di fronte a una bruciante verità: i suoi veri sentimenti.
Non ne era, però, sorpresa, erano la prova di questa nuova realtà vissuta insieme a lui.
Come era possibile innamorarsi perdutamente di qualcuno visto solo qualche fugace momento?
La risposta era lì, in carne e ossa, davanti ai suoi occhi, fra le sue braccia.
"Colpo di fulmine", aveva detto Beth!

Frastornata dalla presa di coscienza di questo vortice di sensazioni, cercava di riordinare le idee ma accanto al suo André, le era impossibile.
Il nitrito di Astrid, l'aveva riportata sulla terra... Era veramente troppo per lei... Non doveva... Non poteva...
Si era staccata all'improvviso da quella stretta, aveva raccolto le scarpe, lasciando cadere a terra la giacca di André ed era fuggita da lui, dal suo angolo di felicità, spaventata.
André, si sentiva morire, ad un tratto l'aveva assalito l'insopportabile dubbio che non sarebbe più tornata e non l'avrebbe rivista mai più.
Lo sgomento lo attanagliava, contorcendogli le budella, togliendogli il respiro.
Ancora una volta, Margaret, aveva captato le vibrazioni del suo cuore e il dubbio dei suoi pensieri, tanto da non trattenersi e correre per un ultimo istante fra le sue braccia.
L'aveva stretto con tutta la sua forza e l'aveva baciato con tutto il suo sentimento.
Doveva fargli capire, forse, doveva essere più esplicita, André non doveva dubitare di lei e con un filo di voce gli aveva sussurrato sulle labbra:
«Ti amo anch'io...» per poi sparire nel vento, col suo cavallo nero come la notte, nero come il vuoto che le aveva lasciato...
André aveva raccolto la giacca, affondandoci il viso per respirare il suo profumo, sentiva ancora la sua pelle di seta sotto le dita, sentiva la sua bocca, il sapore dei suoi baci appassionati, sentiva le curve morbide del suo corpo inebriante, era tutto così vero, eccitante, travolgente....
Lì, in piedi, con la giacca fra le mani, coi sensi in subbuglio, ubriaco di lei, aveva la certezza che se fosse

stato anche solo per pochi irripetibili momenti, ne sarebbe comunque valsa la pena.

Cap. VIII

Un forte sentimento

L'indomani mattina, al levar del sole, Marcel, aveva svegliato André con una scherzosa cuscinata:
«Giù dal letto, uomo della notte, sveglia! Hai fatto le ore piccole, eh? Hai trovato compagnia?».
André aveva afferrato il cuscino e se l'era messo sulla testa per ripararsi dall'accecante riflesso che entrava dalla finestra e batteva proprio sul letto:
«Ti prego, Marcel, lasciami dormire ancora... sono distrutto...» si era lamentato tra uno sbadiglio e l'altro.
L'amico, curioso, continuava a infastidirlo con un secondo cuscino:
«E dai, voglio sapere tutto, chi è la ragazza che ti ha ridotto così?».
André sapeva quanto Marcel diventasse insistente se si metteva in mente di scoprire qualcosa, lo assillava fino a fargli vuotare il sacco ma non poteva parlargli di Margaret, non ancora. Si era girato, spazientito e sbuffando aveva dichiarato:
«Non sono fatti tuoi!».
Marcel conosceva molto bene André, fin dall'infanzia.
Erano cresciuti insieme, non avevano segreti, il suo intuito non l'aveva mai tradito e quella risposta elusiva, presumeva un logico atteggiamento difensivo molto

interessante che stuzzicava ancora di più la sua curiosità. Con un'occhiata torniona e un sorriso complice, si era avvicinato al compagno di stanza, ormai rassegnato a restare sveglio:
«Non posso crederci! Dimmi che mi sto sbagliando, non sarà la contessina, vero?».
André era balzato a sedere sul letto come toccato da un tizzone incandescente:
«Non gridare, Marcel, vuoi farti sentire da tutta la città?... Mi sono fatto un giretto... tutto qui!».
Marcel, fiero della sua esatta intuizione, era certo di aver centrato il bersaglio, la reazione del giovane non lasciava dubbi e guardandolo coi furbi occhi castani, proprio dritto come un fulmine aveva proseguito:
«Fino alle tre del mattino?... un bel giretto...ti rodevano tante cose... a chi vuoi darla a bere, vecchia volpe, capisco quando mi nascondi qualcosa e visto quanto ti scaldi... beh, penso di averti beccato! Si tratta proprio della tua bella contessina!».
Ormai era fatta, tanto valeva confessare:
«Sei impossibile! Va bene, va bene, hai vinto! Ho visto Margaret ma...tieni la lingua tra i denti! ...» L'aveva ammonito, risentito.
Marcel, all'improvviso si era incupito:
«Questo mi offende...non sono quel tipo di persona, sai che puoi fidarti di me...quindi?... Hai visto Margaret... e?».
André aveva messo alla prova spesso l'amicizia di Marcel, era un caro amico, sincero e affidabile, tante volte avevano condiviso problemi di vita e di cuore:
«Scusa amico, sono un po' nervoso... tutti questi avvenimenti inaspettati mi hanno scombussolato... e? ... cosa?».
Marcel lo guardava impaziente con espressione di

aspettativa:
«Com'è andata? Racconta!»
André, seduto su un lato del letto, sospirando, avvilito, aveva ammesso a voce bassa:
«Com'è andata? ...Per farla breve? ...L'amo alla follia...».
Marcel temeva quelle parole:
«Affermazione importante... ma avete?... insomma, tu e lei, avete?...».
André l'aveva interrotto, non era educato parlare di particolari così intimi, riguardanti una signora, come fanno certi beceri uomini insensibili che vantano le loro imprese amorose mentre bevono birra:
«No...non abbiamo fatto niente, anche se l'avrei voluto con tutto me stesso, lei è... stupenda... non abbiamo fatto l'amore, se è questo che vuoi sapere... ma è stato ugualmente bellissimo... per ora accontentati di questo e tienilo per te... merita tutto il rispetto possibile e poi... non so neppure se la rivedrò...».
André si era lasciato prendere da un'evidente tristezza e Marcel aveva tentato di metterlo di fronte alla realtà:
«Accidenti, vecchio mio, l'hai presa proprio brutta questa volta... sai che è sposata con un pezzo grosso dell'alta società? ... E che tra qualche settimana ce ne andremo via? ... Attento, stai navigando in acque pericolose, tanto per stare in tema...».
André l'aveva guardato, sicuro di sé, per mascherare il profondo rammarico:
«Perfettamente... purtroppo... non mi aspetto niente... lo so, tutto gioca a mio sfavore ma... non posso cambiare i miei sentimenti... non sono mai stato così sicuro prima d'ora... io l'amo e l'amerò per sempre...».
Marcel gli credeva, non gli mentiva mai e anche ora vedeva la verità nei suoi occhi sinceri e diretti, lo vedeva

nel cambiamento del suo carattere dal momento in cui aveva incontrato Margaret, come sapeva che presto avrebbe avuto bisogno di un amico, questa era una storia pericolosa, avrebbe portato solo grane, e lui sarebbe stato l'amico vero di sempre, fermo lì, al suo fianco.

Gli aveva strinto una spalla con la mano per mostrargli la sua comprensione e la sua solidarietà:

«Coraggio Casanova, vestiti, andiamo a scaricare un po' di tensione, ci aspetta un sacco di lavoro sulla nave!».

Si erano rinfrescati il viso con l'acqua della brocca, sul piccolo lavandino, si erano sistemati i capelli ancora umidi e indossati gli abiti da lavoro, erano usciti prendendo al volo la mela rimasta sul tavolino dalla cena, la sera precedente, per dirigersi, quasi di corsa al porto.

Con la spavalderia dei loro ventotto anni, fischiettando, allegri e intraprendenti, con quel pizzico di malizia negli occhi dai riflessi ambrati, il fisico atletico, modellato dall'energico lavoro, la pelle olivastra dovuta ai lunghi periodi in mare, sfoggiavano la loro prestanza, rubando languidi sguardi alle fanciulle incrociate per strada.

Erano stati da sempre una coppia perfetta per fare strage di cuori femminili, senza trovare mai difficoltà a far cadere ai loro piedi le ragazze scelte nelle loro conquiste, ma adesso, le cose stavano cambiando, André era cambiato e questo era solo l'inizio di qualcosa che avrebbe lasciato il segno.

Marcel, l'intuiva... Lo percepiva nell'aria e da esperto marinaio prevedeva tempesta all'orizzonte...

Cap. IX

Un dolce segreto

Nella stessa mattinata di sole, poco più tardi in giardino, Margaret era intenta a dipingere una natura morta, accuratamente sistemata su un tavolino di ferro battuto. La limpida luce e la pulizia del cielo, l'ispiravano.
La voce gioiosa di Elisabeth, l'aveva sorpresa alle spalle:
«Non credo ai miei occhi! Sei già in piedi! Questa è una piacevole novità, fatti vedere... stai proprio bene, mia cara!» L'aveva passata in rassegna per carpire qualche indizio rivelatore di quell'insolito comportamento, continuando ad osservarla con attenzione:
«Sei radiosa...oserei dire...felice! Deve essere successo qualcosa di particolare, non ti vedevo così da tempo!».
Margaret guardava Elisabeth, divertita fingendo indifferenza, con uno strano luccichio negli occhi che le donava un aspetto raggiante.
L'acconciatura, il romantico vestito color lavanda, tutto in armonia perfetta col suo stato d'animo sereno.
Sì, Beth ne era sicura, qualcosa di straordinariamente importante era accaduto.
«Diciamo che, dopo una bella cavalcata notturna in riva al mare, finalmente, ho dormito bene e... mi sto godendo questa splendida giornata!».
Beth, voleva saperne di più per soddisfare la sua curiosità:
«Mmmm... molto, molto interessante... e questa bella cavalcata al chiaro di luna, in riva al mare, ha forse a che fare con un aiutante marinaio?».
Per la prima volta, Meg, non si sentiva a disagio, era tranquilla e, cosa ancor più insolita, non si sentiva in colpa:

«Non ti si può nascondere nulla, vero Beth? Avresti dovuto fare l'investigatore, la tua sarebbe stata una brillante carriera!» ed era scoppiata a ridere.
Beth teneva gli occhi sgranati, puntati sull'ironica sorella: «Sì, ora non ho nessun dubbio, hai persino ritrovato il tuo umorismo! Non tenermi sulle spine, voglio sapere tutto sul responsabile di questo miracolo... ogni dettaglio!».
Margaret aveva preso Elisabeth per mano per allontanarla da orecchie indiscrete:
«Vieni... passeggiamo...».
Giunte nel roseto, abbastanza lontane dalla casa, si erano sedute sotto al pergolato fiorito e variopinto di tenui tinte pastello. Margaret aveva inspirato, a fondo, il profumo delicato e dolciastro delle rose e aveva iniziato il suo resoconto, emozionata:
«Oh, Beth, stanotte ho incontrato André sulla spiaggia... non immaginavo di trovarlo lì...è stato come sognare... avevi ragione, l'amore è un sentimento stupendo e travolgente... non si può prevedere o controllare...ora so che esiste, so cosa voglio... mi sono innamorata...».
Beth, sbigottita da tanta tranquillità e consapevolezza, le aveva preso le mani fra le sue:
«Tesoro, sono felice per te, ma.... Vorresti dirmi che voi due, stanotte... avete fatto l'amore? Dove? Com'è successo? Raccontami tutto!».
Margaret aveva subito calmato l'entusiasmo della sorella: «No, Beth, ci siamo conosciuti meglio, per così dire, è stato un incontro rovente, con abbracci, carezze e baci, è stato eccitante e... bellissimo... tra noi c'è un'attrazione così naturale e coinvolgente... mi ha fatto capire come dovrebbe essere il legame tra una donna e un uomo che si desiderano e si amano appassionatamente... non è successo ma sentivo di essere pronta... per la prima volta

sentivo di volerlo...».

Elisabeth fissava Margaret emozionata a sua volta ma al tempo stesso timorosa delle conseguenze di questo intenso sentimento, ascoltava Meg, trepidante:

«Quando sono con lui sono me stessa, sono felice... lui è il mio angolo di felicità e ho intenzione di prendermelo... costi quel che costi...».

Beth, orgogliosa di aver ritrovato la Margaret dallo spirito battagliero, l'aveva presa per le spalle, approvando:

«Brava ragazza, questa sei tu! Questa è la vera Margaret! Bentornata cara Meg! Confesso che tutto questo un po' mi spaventa ma era da troppo tempo che subivi, passiva ogni cosa intorno a te!».

Margaret si era avvicinata ancor più alla sorella e con tono di voce basso, aveva bisbigliato:

«So molto bene che non dovrei, sono sposata con un uomo adorabile, ho la sua immagine da salvaguardare, la mia reputazione da difendere e bla, bla, bla... sono stanca di vivere e di comportarmi come una vecchia mummia imbalsamata, non mi importa quel che accadrà... voglio godermi questo momento...so che ne vale la pena... poi, l'hai detto tu... da qualche parte bisogna pur iniziare per cambiare il mondo!» e come era solita fare Beth, le aveva fatto l'occhiolino, sorridendo.

Elisabeth, euforica per questo intrigo amoroso, non riusciva a stare ferma sulla panchina di marmo e alzando gli occhi al cielo aveva esclamato:

«Che Dio ci aiuti! Ho creato un mostro!» ed erano scoppiate a ridere per scaricare tutta la tensione e per esorcizzare l'incertezza del futuro, Elisabeth aveva poi guardato Margaret, molto seriamente, voleva farle una promessa:

«Stai prendendo una strada tortuosa, piena di ostacoli,

non sarà facile... lo sai, vero? Spero con tutto il cuore che ti porti dove vuoi... ma sappi che in qualunque modo dovesse andare, sarò accanto a te, sempre, per gioire o per piangere... io ci sarò...».
Si erano strette in un abbraccio forte, rassicurante, pieno di complicità, di fiducia e di speranza.
Era confortante avere il suo affetto, Meg sapeva che Beth non l'avrebbe mai abbandonata se ne avesse avuto bisogno:
«Lo so, è importante per me...tutte queste emozioni mi hanno messo appetito, vieni, ci facciamo portare il tè, da Matilde!»
«Altroché, è entusiasmante! A proposito, quando rivedrai? ... Beh, sai chi...»
«Ho poche settimane, per sfruttare ogni momento possibile... poi ripartirà e chissà ma adesso non voglio pensare al futuro... voglio vivere il presente...» aveva sospirato Margaret, malinconica.
Elisabeth improvvisamente si era impensierita, a mente fredda era consapevole della situazione alquanto spinosa e piena di rischi, la sua piccola Meg camminava su una lama affilata, sarebbe bastato un soffio per perdere l'equilibrio e trovarsi in guai molto seri:
«E... Edgar, che ruolo ha in tutta questa storia?».
Margaret con lo sguardo perso verso le fontane, oltre il viale alberato, dove si erano baciati prima della sua partenza, aveva risposto, colpevole:
«Starà via per almeno quattro settimane... deve formare i nuovi contabili fino all'inaugurazione di questa nuova banca...» amareggiata aveva continuato:
«So a cosa stai pensando... anch'io lo penso... Edgar non merita una moglie come me... una moglie che non lo ama e che pensa di essergli infedele... è un uomo meraviglioso

e merita una donna meravigliosa...»
Si era poi rivolta verso Beth e come se la vedesse per la prima volta, folgorata da un'illuminazione aveva esordito:
«Beth, sei tu la donna perfetta per Edgar! Sei bellissima, sei intelligente, brillante, hai l'età giusta, hai esperienza, sai stare in società e hai il carattere perfetto per lui! ... comincia a considerare l'idea di avere un uomo nella tua vita...».
Beth era ammutolita, ma cosa stava succedendo a sua sorella?
Era lei, adesso a fare la consulente amorosa?
«Non ho mai pensato a lui in quel modo...»
«Beth, sono anni che non pensi in quel modo a nessun uomo!»
«Ma Meg, è tuo marito!»
«Vero! Sulla carta! Vorresti, forse, farmi credere che non ti piace e che non sarebbe l'uomo per te?... Ammettilo, Beth, voi vi piacete, ho visto come vi guardate, come scherzate, siete molto affini! È evidente!».
Elisabeth era confusa dall'inaspettata piega presa dalla loro conversazione:
«Non posso negare che sia un bell'uomo... affascinante... elegante... colto e... ha un sottile senso dell'umorismo ma al tempo stesso è maturo ed equilibrato... in effetti, ha tutte le carte in regola... ma da qui a dire che siamo fatti l'uno per l'altra...».
Margaret l'aveva interrotta entusiasta:
«Infatti! Siete fatti l'uno per l'altra! Possibile che sia l'unica a vederlo? Hai fatto un elenco delle sue qualità lungo come la lista della spesa, infondo al tuo cuore sai che è così... lasciati andare Beth... anche tu meriti il tuo angolo di felicità...» D'un tratto, Elisabeth aveva fissato

Margaret con gli occhi peni di lacrime e Margaret, aveva continuato confortandola:
«Anche Adam lo vorrebbe e certamente approverebbe se si trattasse del suo migliore amico... saprebbe di lasciarti in ottime mani... facci un pensierino...».
Questa improvvisa saggezza e capacità di analisi aveva completamente spiazzato Elisabeth, ostile a questa insulsa idea, continuava a ripetersi che doveva trattarsi di pura follia, certo, solo pura follia...
Aveva altro a cui pensare!
Scrollando le spalle per rifiutare ogni eventualità, aveva concluso:
«L'amore deve averti dato alla testa, come ti è venuto in mente un pensiero simile? Saremmo proprio una bella coppia di traditrici, in questo intreccio sentimentale! Sono senza parole e non è cosa da poco! Povera me, non voglio neppure prendere in considerazione questa pazzia... beviamo il tè... è molto meglio... ci farà bene!».
Margaret sorrideva, guardando compiaciuta, da sotto le lunghe ciglia.
Per una volta, era stata lei a fare centro e a giudicare dall'imbarazzo della sorella, sapeva che c'era un fondo di verità nelle sue parole.
Forse, ora, a Beth, pareva tutto assurdo ma era solo questione di tempo e il tempo mette sempre le cose nella giusta prospettiva, presto le avrebbe dato ragione.

Cap. X
Un angolo di felicità

Era notte fonda e Margaret, impaziente e con nessuna voglia di dormire, si era avventurata silenziosamente lungo il passaggio di collegamento che portava alla scalinata di servizio comunicante, tramite un angusto corridoio, con le stanze della servitù, fino ai sotterranei.

Da lì, avrebbe raggiunto, indisturbata, le scuderie per correre sulla spiaggia ad incontrare il suo amato André.

Le flebili luci tremolanti delle lampade a olio, sistemate sulle pareti dei corridoi e del grande scalone nella sala d'ingresso, facevano ballare le ombre, confuse, in quella penombra un po' sinistra.

Tutto pareva tranquillo, quando dal piano terra, ripetuti gridolini femminili e una soffocata voce maschile, l'avevano messa in allerta.

Fulminea, Margaret, si era nascosta dietro un pesante tendone di velluto ed era rimasta lì, immobile, col fiato sospeso, ad aspettare.

Le voci, confuse, le arrivavano frammentarie e incomprensibili ma questo non le importava.

Non le interessava scoprire chi, della servitù, vivesse un flirt amoroso, non le riguardava, voleva solo fuggire, al più presto, da André.

Dopo interminabili minuti di sommessi vocii e sordi rumori concitati, tutto si era calmato, restituendo al palazzo il solito silenzio notturno.

Aveva atteso ancora qualche istante, sempre nascosta, poi, dopo aver sbirciato all'esterno, facendo capolino dalla tenda, si era assicurata di essere sola per correre da Astrid e volare verso la tanto desiderata meta.

Ce l'aveva fatta, cielo che emozione!
Galoppava trattenendo il respiro per la tensione, non ricordava di avere mai fatto nulla di così folle ed era maledettamente eccitante…
Giunta sulla spiaggia, Margaret vedeva André, davanti a lei, seduto sull'enorme scoglio dove l'aveva trovato la settimana prima.
Le dava la schiena, leggermente incurvato su se stesso.
La sua espressione triste rivelava il suo sconforto, combattuto fra i dubbi e l'incertezza di rivederla.
Margaret aveva legato Astrid ad una staccionata all'inizio della boscaglia e, a piedi nudi, era scesa verso il mare, leggera e impercettibile, senza farsi sentire era rimasta dietro di lui, a guardarlo, poi, d'impulso, le aveva circondato le spalle con le braccia per rassicurarlo in quella stretta.
Lei ora era lì, con lui, per lui e null'altro aveva importanza.
Quel caldo abbraccio aveva ridato la speranza ad André che sollevato, le aveva preso, forte, le delicate manine nelle sue, le aveva baciate per essere certo che non fosse solo una sua fantasia.
Si era poi girato per liberarsi da quella piacevole presa per guardarla negli occhi e ricambiare l'abbraccio:
«Oh, ma chérie… sono stati i giorni peggiori della mia vita… credevo non saresti più tornata da me…» la sua voce era rotta dall'emozione, stupore, desiderio e disperazione duellavano nel suo petto scolpito, plasmato come creta sotto il tocco vellutato di Margaret.
Lei, persa in quegli occhi traboccanti di sentimenti, sentiva di dover alleviare la sua sofferenza, per donargli un po' di sollievo, l'aveva baciato con tutta se stessa, solo così avrebbe capito, nessuna frase poteva spiegare meglio ciò che sentiva per lui:

«Adesso sono qui... ci siamo solo noi... non pensiamo ad altro...».
Si erano baciati ancora con passione, poi Margaret, gli aveva preso la mano per trascinarlo verso Astrid:
«Vieni... conosco un posto dove staremo tranquilli...» saliti in groppa, l'uno stretto all'altra, avevano galoppato, lungo la scogliera, fino ad una graziosa insenatura dove si affacciava una rientranza nella roccia, nascosta dalla vegetazione e dai cespugli di fiori selvatici.

In questo scorcio di paradiso, la natura dava il meglio di sé: l'acqua assumeva i toni dell'azzurro dal più chiaro, intensificandosi al largo, passando dal turchese al cobalto fino allo smeraldo.

In questa oasi naturale, la flora ricopriva la collina circostante, scendendo dolcemente verso il mare, interrompendosi, qua e là con chiazze di bianco, giallo e rosa di differente intensità.

Gli arbusti spontanei fioriti, i fitti cespugli di erica alla prima fioritura e i fiori selvatici, si mescolavano sull'erba, ai piedi degli alberi, dalle foglie ora verde cupo e ora più cangiante, abbandonati alla carezza del vento come nel tenero abbraccio di due amanti.

La luna illuminava la zona circostante, giocando a nascondino con qualche nuvola dispettosa, pennellando di freddi riflessi d'argento l'acqua, la sabbia e la scogliera, regalandole, col suo tocco distratto, un affascinante e lussuoso vestito.

Il chiarore sfumava verso l'orizzonte dove il blu scurissimo, diventava nero perdendosi nell'infinito, là, il cielo baciava il mare confondendosi in esso perdutamente.

In questa pace assoluta, solo il rumore delle onde faceva da sottofondo e le stelle, dall' immenso, scuro spazio sovrastante, occhieggiavano, discrete, col loro scintillio di diamante...

«Questo è il mio rifugio segreto... lo adoro... vengo qui ogni volta che voglio fuggire da tutto... ora sarà il nostro rifugio... il nostro angolo di felicità...» gli aveva sussurrato con voce tremante, emozionata.

Stringeva forte la mano di André per condividere il segreto che fino ad allora era stato solo suo.

André era estasiato, lì, c'era tutto ciò che non aveva mai osato desiderare, non riusciva a contenere la gioia, voleva fermare il tempo, rubare tutte quelle intense emozioni, quelle sensazioni straordinarie e trasformarle in ricordi da fissare nella sua mente e nel suo cuore, per custodirli gelosamente in futuro.

Era come sognare ma guardava Margaret, teneva la sua mano, lei era lì, era una stupenda realtà.

Incapace di nascondere l'euforia, si era scostato, con scarsa convinzione, da Margaret e con gesti veloci e un pizzico di malizia negli occhi, si era sfilato la camicia e i pantaloni per abbandonarli sulla sabbia e, in mutande, correre a tuffarsi nel mare:

«Vieni, mon amour... è stupendo! ... coraggio, buttati con me!» le aveva gridato, invitandola a lasciarsi andare.

Margaret guardava quel corpo perfetto muoversi con l'eleganza di un felino e si chiedeva come potesse, un uomo, essere tanto bello e farle quell'effetto sconvolgente. La spontaneità e la passione con cui viveva anche le piccole cose, l'affascinavano, attraendola totalmente, erano simili e anche questo le piaceva.

Incurante di ogni comportamento rigoroso da rispettare, Margaret, non si era fatta pregare e poco dopo, anche la sua mantella era rimasta sulla sabbia insieme ai vestiti di André.

Coperta solo dalla leggera sottoveste di seta color avorio, senza inibizioni o imbarazzo, aveva seguito il suo istinto, la sua voglia di libertà, il suo bisogno di essere se stessa, per lavare via tutta la tristezza e tutto quello che detestava della sua vita, per lasciarlo dentro quel mare cristallino, lì, nel loro angolo segreto, nessun giudizio, nessuna critica, poteva raggiungerli, c'erano solo una donna, un uomo e il loro amore, questo era il suo angolo di felicità.

André rideva spensierato e l'aspettava, tendendole le braccia muscolose. Scherzosamente le aveva schizzato la sottoveste per giocare con lei:

«Subito è fredda ma poi è fantastica!».

Margaret aveva riso, allegra, schizzandolo a sua volta, per continuare quel gioco innocente che la riportava indietro negli anni, alla sua infanzia.

In quel luogo speciale, lontano dalla realtà, col suo uomo ideale, non si sentiva più una bambina ma una donna:

«Osi sfidarmi, marinaio? Non provarci o guai a te!».

Fra risate e schiamazzi, avevano proseguito la loro battaglia infantile, schermaglia di un sottile rituale di seduzione, fatto di vivacità, spontaneità di gesti, di sguardi e di meravigliose aspettative.

Il leggero indumento che vestiva Margaret, in breve, si era completamente inzuppato e le stava incollato al corpo sinuoso come una seconda pelle.

La seta gocciolante non lasciava spazio all'immaginazione di André, bloccato davanti a lei col respiro sospeso e la mente confusa dall'eccitazione, distratta dai pensieri più peccaminosi.

La sottoveste le aderiva sui seni rotondi mettendo in evidenza i capezzoli inturgiditi dalla stoffa rinfrescata dalla brezza. La trasparenza mostrava ogni sua forma,

fasciandole il ventre patto, l'ombelico e la seguiva sui fianchi morbidi e sensuali fino alle cosce, disegnando perfettamente la sua figura.
Ammaliato da quel panorama, altrettanto mozzafiato, André, le si era avvicinato d'impulso, ignaro dell'evidente segno di eccitazione mostrato dalle mutande bagnate: «Sei così bella... da togliere il fiato...» poi le aveva catturato le labbra in un bacio affamato, carico di desiderio e di sentimento, abbracciandola con tenerezza, per proteggerla, per riscaldarla.
Margaret aveva visto prima di allora immagini di uomini nudi, sapeva com'erano fatti ma, in carne e ossa, in quel modo così esplicito e provocante, non le era mai capitato.
Aveva ricambiato il bacio, stringendosi a lui, intrecciando le mani fra i suoi folti capelli, mossi, sul collo.
Aveva fatto scivolare le dita sulla pelle abbronzata, sulle spalle, sul petto dai muscoli guizzanti sollecitati da quelle sorprendenti carezze.
Sentiva il suo respiro farsi più affannoso, il battito del cuore accelerare, come sentiva l'impaziente protuberanza di André premere contro di lei reclamando sempre di più.
Guidata solo dal suo istinto, si era abbandonata alle inebrianti sensazioni scatenate dal potere esercitato su di lui col suo tocco delicato e aveva continuato il suo viaggio intrigante sul corpo vigoroso di André, soffermandosi fra la leggera peluria del petto con ampie carezze, sui fianchi stretti e asciutti fino a prendere col palmo delle mani quei glutei marmorei, avanzando, consapevole dell'effetto provocato, fino a fermarsi nella sua esplorazione, su quella parte reattiva e pulsante, centro del piacere maschile e delle fantasie di Margaret.
L'aveva accarezzato prima dolcemente per poi aumentare l'intensità e la pressione, meravigliata della naturale

sicurezza dei suoi gesti.

André, ancor più sorpreso di questa deliziosa, audace iniziativa presa, con voce roca fra ansimi di piacere, le aveva preso le natiche ben fatte per attirarla a sé e imprimersela nella carne:

«Oh, mon amour... così mi uccidi...» mordendole dolcemente le labbra, l'aveva presa fra le braccia per condurla nel loro nido d'amore.

All'interno della grotta, Margaret, aveva precedentemente sistemato una morbida coperta e uno scialle di lana.

Il preludio di quella vista aveva scosso André con un brivido fatto di mille emozioni, accentuate dalla pelle fredda, asciugata dalla fresca brezza marina.

Si erano sdraiati sulla coperta, con calma.

Con tenera premura, André, la teneva contro sé, per donarle il suo calore, per esprimerle i suoi sentimenti, il suo desiderio, in quegli abbracci, in quei baci appassionati, in quelle curiose carezze sensuali, si scambiavano la pelle, assaporavano avidamente ogni parte di loro, ritrovando poco alla volta la certezza che in tutta quella apparente follia, ci fosse la sola cosa giusta da vivere, l'unica cosa possibile: amarsi.

Le accarezzava le guance, il collo, incapace di distogliere lo sguardo dal dolcissimo viso di Margaret, voleva prendere tutto di lei, ogni dettaglio, ogni respiro, scoprire anche il più piccolo particolare intimo, stamparselo sulla pelle, nella mente e nel cuore.

Si perdeva sulle sue carnose labbra, dolcissime e invitanti, senza tregua, senza riuscire a saziare l'immenso bramoso bisogno di lei, continuando a stringerla con un braccio e proseguendo nella sua deliziosa avanscoperta sulle spalle e sui seni, con l'altra mano.

Respirava, l'inconfondibile profumo della sua pelle, quell'intenso aroma di erica che l'aveva inebriato quel giorno al molo e rimaneva nell'aria, sulla sua camicia ad ogni loro incontro... Lei era il suo stupendo angelo biondo...Era unica... La sola che volesse...
André, accompagnava le carezze, sempre più stuzzicanti ed esigenti, con provocanti lievi baci, tracciando una scia di fuoco sul corpo fresco e fremente di Margaret.
Le parole faticavano ad uscire da quella bocca rovente, priva di fiato per l'eccitazione che accendeva entrambi come una brace incandescente:
«Quanto ho sognato questo momento... ti desidero da impazzire... ti amo da impazzire...».
La voce di André era un debole, roco suono e perso completamente in quel percorso erotico di eccitazione e sentimenti, non riusciva a pensare lucidamente, voleva solo proseguire per scendere sul ventre, sull'ombelico, sempre più giù fino al pube.
Quel bacio, proibito, aveva lasciato Margaret senza fiato, le girava la testa, non immaginava potesse esistere un piacere tanto intenso, superiore ad ogni spiegazione letta sui libri.
Quel vortice di sensazioni, invocava al suo corpo di arrendersi e mettere fine a quella dolce agonia.
Con un gemito strozzato, erano uscite dalla sua bocca affamata di baci, affamata del suo bel marinaio, poche frasi:
«Non riesco a pensare... ti desidero anch'io... ti amo...».
Erano seguiti altri baci, intensi, profondi, per attingere linfa vitale e respirare ossigeno l'uno dall'altra.
Completamente a suo agio Margaret si abbandonava al sapore di quei baci, sentendo crescere in lei, l'incontenibile desiderio di offrirsi a lui.

Guidata solo dal suo istinto e dalle risposte inequivocabili del suo corpo, Margaret, non avvertiva imbarazzo al pensiero di non aver ancora consumato il matrimonio, non aveva avuto nessuna esperienza intima, prima d'ora ma lì, in quel luogo, in quel preciso momento, sentiva di avere fatto la scelta giusta ad attendere l'amore vero.

Non era necessario parlare, spiegare, capire, tutto era chiaro come il mare, spettatore discreto di questo loro dolce segreto.

Le mani, la bocca e la lingua di André si muovevano esperte su parti del corpo di Margaret che lei mai avrebbe osato toccare, ignara dell'esistenza di tali sconvolgenti sensazioni, sempre più sollecitata da una necessità incontrollabile e urgente di lasciarsi andare.

André, privo ormai di ogni autocontrollo, la copriva col suo corpo, aderendo completamente a lei, impaziente, sussurrandole fra i capelli, sul collo, sulle labbra:

«Ti amo, mon amour... ti amerò per sempre...».

L'aveva fissata per un lungo istante negli occhi, per naufragare nella pace di quel blu che gli ricordava il mare, gustando ogni secondo, ogni fremito, ogni palpito di quegli attimi infiniti di immenso sentimento. I loro cuori scandivano un unico ritmo impazzito di una danza travolgente mentre le loro bocche e le loro mani si cercavano in questa armonia d'incessanti movimenti sempre più erotici.

Margaret, godeva di ogni gesto donatale dal suo bellissimo amato e senza opporre ormai alcuna resistenza, si era abbandonata, in balia di quel piacere così forte quanto sconosciuto.

André non voleva privarla di una simile stupenda scoperta della sua intima femminilità e aveva continuato la sua audace tortura di preliminari deciso a rendere

questo momento indimenticabile e necessario per prepararla ad accoglierlo.
Margaret, annientata dalla sorpresa di quel modo impensato e impertinente di usare la bocca, si era arresa, trasportata a quella calda ondata che scuoteva i suoi sensi portandola all'apice del piacere.
Stordita e sopraffatta, cercando di respirare a fondo, per riprendersi ed esprimergli le sue sensazioni:
«Oh, André... è la cosa più sconvolgente che abbia mai provato...non riesco ad immaginare nulla di meglio...» con un sorriso, André, le aveva risposto dolcemente:
«Oh, sì che c'è mon amour... ti giuro che c'è...» le aveva sussurrato.
Margaret si fidava di lui, completamente, si lasciava guidare in ogni esperienza nuova.
Con compiaciuta soddisfazione maschile, senza nascondere l'evidente eccitazione, baciandola, era tornato sopra di lei, imponendosi calma e autocontrollo.
Senza mai togliere gli occhi da quelli di Margaret, aveva ripreso ad accarezzarla tra le cosce, percepiva ogni vibrazione del suo stupendo corpo, era scivolato su di lei, sotto la coperta, aveva preso l'orlo della sottoveste e gliel'aveva sfilata dalla testa.
Quello sfioramento rapido e freddo, l'avevano fatta rabbrividire e André, recettivo, l'aveva rassicurata:
«Questa è bagnata, ti fa prendere freddo... così starai più comoda...».
Aveva quindi continuato, con teneri baci e più giù sul seno, con sensuali carezze, poi, con estrema dolcezza, l'aveva penetrata, poco alla volta, sforzandosi di essere il più leggero e delicato possibile, per darle il tempo di superare il dolore, procedendo lentamente, rispettando i suoi tempi, paziente che si adattasse ai suoi movimenti e

che il piacere riprendesse il sopravvento.

Sentiva il battito del cuore di Margaret aumentare, sotto la pressione delle sue labbra avide e poco alla volta, più rilassata, rispondere gradatamente alle sue spinte, inarcando la schiena, quasi a volerlo incoraggiare di non fermarsi.

André era estasiato dall'eccitante, insolita situazione, totalmente nuova, mai vissuta prima, si sentiva privilegiato ad avere Margaret, a ricevere dalla donna amata, il dono unico e prezioso della verginità, aveva scelto lui e la sua felicità non aveva eguali:

«Oh, mon amour... non merito tutto questo... ti amo più della mia vita...».

Margaret fremeva sotto il peso del corpo del suo virile uomo, arrendendosi ad ogni difesa, ad ogni pudore, priva di autocontrollo, sentiva di essere come sull'orlo di un precipizio, incapace di resistere oltre, si era buttata nel vuoto, liberandosi con piccoli, ritmici spasmi di piacere, sempre più intensi e acuti.

Fusi in un unico corpo, libravano insieme in quel sublime abisso, volteggiando fino allo spasimo, nel vortice della passione, risucchiati in un tumulto esplosivo di irrefrenabili sensazioni carnali dove le bocche, i cuori, il respiro, formavano un essere solo, palpitante e finalmente appagato.

Ancora storditi ed esausti, erano rimasti fermi, stretti.

André mai avrebbe voluto lasciare quel caldo rifugio ma, a malincuore si era staccato da lei per sistemarsi al suo fianco e prenderla fra le braccia in un abbraccio forte, protettivo con profondo amore e senso di possesso.

Sì, ora poteva dirlo, quella creatura meravigliosa era sua, solo sua.

Gli era entrata nel sangue, in ogni cellula del corpo in quel preciso istante in cui il suo sguardo di era posato su di lei e ora ancora di più, lì, dove stringeva tutto il suo mondo con infinito amore.

Questa sensazione nuova lo confondeva, col respiro ancora affannoso ripensava a ciò che era accaduto tra loro, incredulo, era vulnerabile, non aveva mai provato sentimenti simili, mai prima d'ora si era reso conto di appartenere così totalmente ad un'altra persona.

Era spaventato, sapeva che presto avrebbe dovuto separarsi da lei e il solo pensiero lo distruggeva...

La sua vita non sarebbe stata mai più la stessa...

Senza Margaret avrebbe vissuto nel suo ricordo perseguitato dall'angosciante, improbabile possibilità di averla di nuovo accanto, un giorno...

Troppi ostacoli li separavano, troppa distanza fra i loro mondi.

Avrebbe dato tutto per portarla via con sé ma al momento non era possibile ed era frustrante.

L'idea lo paralizzava, soffocandolo... non voleva pensarci, per ora...

André continuava a stringerla, e baciarle le labbra e la fronte, senza riuscire a parlare.

Dopo un lungo silenzio, aveva riordinato i pensieri e inspirando profondamente il suo profumo per fissarlo nella sua memoria, le aveva confessato:

«Mi hai reso l'uomo più felice della terra... quello che è successo qui, questa notte è la cosa più straordinaria che potessi immaginare...è molto meglio dei miei sogni... non so spiegare quanto ti amo...». L'aveva baciata ancora una volta, con trasporto, con passione, con immenso amore.

Ora contava solo il presente, non c'era un domani, non c'era un futuro, ma solo loro, insieme, adesso.

Margaret, persa negli occhi color cioccolato di André, quegli occhi malandrini che l'avevano fatta innamorare perdutamente, gli aveva risposto con dolcezza:
«Sono felice che sia successo con te e... di avere aspettato di provare un sentimento così forte... è stato indimenticabile... ti amo e... ti amerò per sempre... qualunque cosa accada...».
Quelle parole avevano acceso ancora il loro desiderio e la loro passione e si erano amati un'altra volta, teneramente, liberamente, ancora più appagati fino a notte inoltrata.
La luna era alta nel cielo e temendo per Margaret, André, le aveva raccomandato:
«È molto tardi, mon amour, vorrei tenerti qui per sempre ma è meglio tornare finché tutti dormono...».
Con una smorfia di disappunto sul viso, Margaret, non avrebbe voluto lasciarlo ma condivideva la saggezza delle sue parole.
Si erano rivestiti in fretta e su Astrid erano tornati al grande scoglio, al loro punto d'incontro:
«Vai, prima che si accorgano che non ci sei... saranno le ore più lunghe della mia vita... fuggi prima che impazzisca e ti prenda qui, sulla sabbia...».
Margaret gli aveva sorriso, con una nuova scintilla negli occhi:
«Potrei assecondarti...» aveva risposto alludendo maliziosa, poi gli aveva gettato le braccia al collo per un ultimo abbraccio, per un ultimo interminabile bacio e dopo essersi sussurrati sulle labbra il loro amore, era sparita nel buio, sparita da lui, inghiottita dalle tenebre di quella fantastica notte.

Cap. XI

Nuovi complici

Margaret aveva salito gli scalini due alla volta, veloce come una saetta, per mettersi al sicuro nella sua stanza.
Silenziosa e rapidissima, era entrata chiudendosi la porta alle spalle, con tre giri di chiave, sollevata vi era rimasta appoggiata con la schiena, immobile, per riprendersi dalla tensione, respirando lentamente e a fondo.
Tutto era filato liscio.
Le guance rosse, il cuore in gola, il fiato corto e le tempie pulsanti per quella spericolata corsa e per la cascata di travolgenti emozioni.
Oh, cielo! Mai provato nulla di simile!
Il rischio la eccitava rendendo tutto più attraente e piccante.
Si era buttata sul letto, tentando di calmarsi ma era incapace di stare ferma.
Che notte! Non l'avrebbe più dimenticata per il resto dei suoi giorni, il rischio valeva ogni attimo passato con André.
Ritrovata la calma, si era spogliata, si era infilata la camicia da notte, soffermandosi, col pensiero, sul suo corpo, qualche istante, dopo essersi coperta sotto le fresche lenzuola.
Ora era una donna, la donna di André.
Prima di addormentarsi, ripensava all'oggetto del suo immenso amore, al suo corpo attraente, alla sua bocca stuzzicante, ai suoi baci dolci come il miele...
Lo sentiva ancora su di lei, dentro di lei e con un fremito, impaziente di rivederlo, si era abbandonata in un sonno profondo, sfinita, ritrovandolo nei suoi sogni proibiti.

Anche André aveva corso fino alla locanda per sciogliere la tensione, era entrato nella stanza cercando di non fare rumore per non svegliare Marcel.

Si era sciacquato il viso con abbondante acqua fresca, doveva riprendersi dalle emozioni impetuose di quella notte e verificare di essere sveglio ma al tempo stesso di placare il desiderio crescente di Margaret ripassando mentalmente tutto ciò che era stato.

Che notte, ragazzi! Mai vissuto nulla del genere! Aveva avuto esperienze diverse con altre donne, ma Margaret, aveva toccato le corde più profonde del suo cuore, l'aveva trasformato, aveva cambiato il suo modo di essere e di amare per sempre.

Ancora in preda all'euforia per quella sorprendente sera, non riusciva a prendere sonno, ora ogni istante senza di lei sarebbe stata una lunga agonia e con ancora il suo profumo addosso, pregustava la delizia del prossimo incontro. Già gli mancava da morire...

Fantasticava su come sarebbe stata la vita con lei, l'avrebbe sposata, l'avrebbe portata in Francia, a conoscere la sua famiglia, l'avrebbero adorata, proprio come lui...

Questo non era possibile, aveva già un marito...

All'improvviso un'idea gli era balzata in mente... Poteva ugualmente dimostrare a Margaret quanto fossero veri e importanti i suoi sentimenti, doveva provarle che non si trattava di un'avventura estiva o di qualche promessa da marinaio e voleva farle una sorpresa che l'avrebbe lasciata senza fiato, senza parole, esattamente come restava lui quando stava con lei.

Ci avrebbe ragionato l'indomani, a mente fresca, adesso era troppo stanco per pensare, meglio dormire e... sognarla.

L'orologio del campanile, nella piazza, aveva suonato le otto, diffondendo i suoi rintocchi fino a svanire nella calma del sabato mattina.
Il sole filtrava dalla finestra socchiusa, lasciando entrare i suoi raggi dorati per richiamare i giovani ancora addormentati a una puntuale sveglia.
Infastidito dalla luce, Marcel, seduto sul suo letto, si guardava intorno stiracchiandosi e sbadigliando, cercando con lo sguardo André ancora sonnecchiante:
«Ah, bonjour allora sei vivo, ci hai preso gusto! A che ora sei tornato? Non ti ho sentito!».
André si era girato su un fianco, verso l'amico e dopo un lungo sbadiglio aveva risposto:
«Tardi... molto tardi... ho fatto piano...» rituffandosi, poi, nel cuscino, riluttante ad alzarsi.
Marcel, da un rapido sguardo, aveva intuito l'esito della serata, ma questa volta non voleva essere invadente, nonostante fosse divorato dalla curiosità.
Dopo il solito accurato rituale di igiene personale, dei giorni di festa, Marcel, soddisfatto, si era guardato allo specchio esclamando:
«Niente male! Direi che faccio ancora un'ottima figura! Coraggio Casanova, giù dal letto! Datti una sistemata, ne hai bisogno, mettiti in ghingheri, oggi non si lavora, facciamo colazione in città!».
André si era immerso nella vasca, colpito dall'indifferenza dell'amico, solitamente curioso che non mancava ogni volta di fargli il consueto interrogatorio.
Aveva fatto un bel bagno per svegliarsi, si era rasato e pettinato con cura, sistemando all'indietro la folta chioma, mossa, sempre difficile da domare.
Con indosso i suoi vestiti migliori si era rivolto a Marcel esclamando, sorridente:

«Che ne dici? La concorrenza è spietata!».
Ridendo di gusto, André, aveva dato un'affettuosa pacca sulla spalla a Marcel, invitandolo ad uscire:
«Prima andiamo a mettere qualcosa sotto i denti, poi a fare compere... mi serve la tua vena artistica per un lavoretto!».
Marcel, aprendo la porta, gli aveva risposto allegro, trattenendo tutta la sua sempre più pungente curiosità:
«Ma non mi dire! Cosa bolle in pentola? Devo, forse, preoccuparmi?»
«Affatto!» aveva precisato scherzosamente André e con euforica allegria, avevano lasciato la locanda per dedicarsi a questa misteriosa impresa.
La giornata era trascorsa piacevolmente fra lunghe chiacchierate confidenziali, consigli amichevoli e gli acquisti necessari per attuare il loro piano segreto.
André, aveva messo al corrente il fidato compagno di avventure, dell'accaduto nella notte precedente e delle sue intenzioni di organizzare al meglio la sorpresa per Margaret e coi sacchetti pieni di ciò che sarebbe servito, erano rientrati alla locanda per la cena.
Posando tutto sul tavolino, Marcel si era lasciato andare ad un commento affettuoso:
«Vecchio mio, sono proprio contento per te, sai? Mi sto quasi commovendo!»
«Allora ce l'hai un cuore nascosto da qualche parte! ... Grazie, Marcel, sei un vero amico... però adesso basta altrimenti ci mettiamo a piangere come femminucce!» fra le risa avevano ripreso a preparare la sorpresa per Margaret.
Ancora una volta l'amicizia di Marcel si era rivelata sincera, indispensabile, gli aveva fatto bene condividere il peso della relazione segreta che stava vivendo e teneva

dentro, aveva bisogno del suo appoggio ed era un sollievo saperlo sempre lì, al suo fianco, pronto a sostenerlo.
Nella dimora dei Campbell, anche Margaret si preparava ad affrontare una nuova giornata, stranamente riposata e di buon umore nonostante le poche ore di sonno.
Nel suo confortevole e lussuoso bagno, si godeva il tepore dell'acqua e la morbida schiuma profumata, nella sua vasca.
Con gli occhi socchiusi e l'aria sognante, ripercorreva mentalmente, uno dopo l'altro, tutti i momenti meravigliosi passati con André in quella memorabile nottata, risvegliando nel suo corpo quelle emozioni ancora vive sulla sua pelle.
Il ripetuto bussare sulla porta della camera, l'aveva distolta da quei dolci pensieri:
«Margaret?... Margaret, sei sveglia?... È arrivata Elisabeth, la mando su?» le aveva domandato sua madre.
Margaret si era ricordata di non avere tolto i giri di chiave alla serratura e nascondendo la trepidazione aveva tranquillizzato Lady Clarice, pensando impaziente alle confessioni da fare alla sorella:
«Buon giorno, mamma, sono nella vasca da bagno... esco subito... puoi farla salire, grazie!»
«Buon giorno, cara, vi mando anche Matilde con la colazione, così potrete stare tranquille a fare le vostre chiacchiere...scappo in cucina, hanno bisogno di me!» si era poi dileguata lasciando svanire il suono delle sue parole dietro al veloce rumore di passi.
Meg era uscita in fretta dalla vasca, si era asciugata in un lampo e, altrettanto velocemente era scivolata in un fresco abito di rasato cotone, color pervinca.
Le maniche corte, a sbuffo e la gonna svasata e ampia, le davano un aspetto frizzante. Anche i capelli, raccolti

da un nastro dello stesso tessuto del vestito, si intonava perfettamente con quell'aria gioiosa.
Non aveva poi dimenticato uno spruzzo del suo profumo preferito e soddisfatta del suo aspetto e da questa sua nuova immagine, si era affrettata ad aprire ad Elisabeth:
«Buon giorno, Beth... sei una meraviglia! ...Vieni, accomodiamoci in veranda...».
Elisabeth, aveva baciato affettuosamente la sorella su una guancia, scrutandola rapidamente col suo solito sguardo indagatore:
«Buon giorno a te, mia cara, posso affermare che tu non sia da meno... stai d'incanto!» e sottovoce, ironicamente, aveva aggiunto:
«Devo attribuirlo a un bel sonno o... a chi sappiamo?».
Margaret, euforica, aveva prontamente motivato:
«A entrambe le cose... sediamoci, ho così tanto da raccontarti che non ci basterà la mattinata!».
Elisabeth guardava la sorella con espressione di meraviglia, cercando di contenere la sua sfrenata curiosità:
«Addirittura! Non sto più nella pelle, voglio sapere tutto!».
Avevano lasciato che Matilde sistemasse i vassoi sul tavolo e rimaste indisturbate, Margaret, si era lasciata andare alla descrizione più fedele e dettagliata della notte, a suo dire, più bella della sua vita.
Dopo quasi due ore di resoconto minuzioso e scambi di consigli e sensazioni, si era abbandonata, appoggiandosi, allo schienale della sedia stanca, come se, ancora una volta, avesse vissuto ogni particolare e dopo un lungo sospiro, aveva preso atto dei suoi sentimenti:
«Oh, Beth, lo amavo prima, ma ora... non riesco neppure a descrivere o a quantificare questo travolgente sentimento... farei qualsiasi cosa per stare con lui... lo

amo da morire...».
Elisabeth, osservava la sorella con espressione commossa, combattuta tra provare gioia per questa trasformazione dovuta all'amore che aveva fatto riaffiorare il lato passionale del suo carattere o peggio, il timore delle dolorose conseguenze che avrebbe portato questa relazione segreta.
Vedeva la scintilla di felicità negli occhi di Margaret, quello spirito gioioso che l'aveva sempre caratterizzata e che da tempo era assopito sotto la malinconia e la frustrazione degli eventi vissuti negli ultimi anni, sapeva del rischio corso dalla sorella ma vedere in lei quella voglia di vivere era sufficiente per gioirne e per ora poteva bastarle, quello che ne sarebbe conseguito poi, l'avrebbero affrontato a tempo debito.
Celando i timori, Beth era stata solidale a Meg, manifestando tutte la sua gioia:
«Tesoro, sono al settimo cielo per te e... ti confesso... dopo questo tuo racconto bollente, sto pensando seriamente di trovarmi un fidanzato!» con la sua brillante ironia, le aveva strizzato l'occhio, come suo fare e, con animo leggero, avevano ripreso la loro conversazione fra segreti e risate.
Finalmente, dopo tanto tempo di tristezza, ora Margaret si sentiva bene, decisa più che mai a sfruttare ogni istante possibile col suo André, ma non poteva sfidare la fortuna, doveva escogitare uno stratagemma idoneo a favorire le sue uscite e a evitare eventuali complicazioni.
Dopo un'accurata analisi delle possibilità più congeniali alla situazione, con espressione seria sul viso, quasi solenne, aveva preso le mani di Elisabeth, fissandola intensamente negli occhi per esporle il suo piano:
«Mi serve il tuo aiuto, Beth, devi reggermi il gioco nel caso

in cui qualcosa andasse storto... tu sei l'unica persona di cui possa fidarmi...» dopo un profondo respiro, aveva continuato:
«Resterai a dormire qui finché non tornerà Edgar... siamo entrambe sole, diremo che in questo modo ci faremo compagnia... inoltre sarà l'occasione giusta per fare i preparativi per il ballo di mezz'estate... mi sembra plausibile... così mi coprirai le spalle, se sarà necessario e... sarò più tranquilla...».
Elisabeth, attonita, non riusciva a distogliere lo sguardo dagli occhi pieni di determinazione di Margaret, era evidente quanto questa ritrovata sicurezza derivasse da una forte motivazione ma non poteva fare tutto da sola, ci voleva una complice:
«Buon Dio, sorellina, sei diabolica... giuro di non avere mai fatto nulla di così entusiasmante in vita mia... ci sto...oggi stesso organizzerò il mio ritorno a casa, devo prendere ciò che mi serve per restare qui da stasera... che lo spettacolo abbia inizio!».
Si erano abbracciate forte, con affetto, poi Elisabeth era scappata per dare inizio alla recita della sua fondamentale parte.
Quella notte le ragazze aspettavano, distese sul letto, una di fianco all'altra, che tutti fossero a dormire e che la casa fosse deserta.
Beth, piuttosto agitata, in camicia da notte e Meg, vestita di tutto punto per andare al suo appuntamento segreto.
Non riusciva a stare ferma e in preda ad un attacco d'ansia si era lasciata andare, con apprensione, a una serie di raccomandazioni:
«Stai molto attenta, Margaret... guardati bene intorno prima di muoverti... occhi e orecchie aperti, sai che anche i muri ascoltano ogni cosa... al resto penserò io...mi

raccomando...» era seguito un abbraccio e Margaret aveva tentato di rassicurare la sorella, cercando coraggio anche per sé:
«Grazie, Beth, ti sono debitrice... sarò più che prudente... augurami buona fortuna...».
La pendola dell'ingresso aveva suonato mezzanotte e mezza e da un'ora non si udiva nessun vocio, movimento o rumore sia nel palazzo che intorno:
«Vai adesso... corri e... buona fortuna...» aveva detto sottovoce, Elisabeth.
Margaret era scomparsa in quella flebile luce notturna, guardinga e silenziosa come un gatto sospettoso a caccia di topi, poi via, verso il vento, verso il suo André, ora c'era Beth a vegliare su di lei.
Rimasta sola, Elisabeth, in piedi, osservava da dietro la tenda della veranda socchiusa, con gli occhi vigili e le orecchie tese, voleva essere certa che nessun particolare potesse destare sospetti sulla fuga di Margaret, stava lì, come una sentinella nella sua postazione a captare ogni cosa...
Tutto era a posto, dalla terrazza non si percepiva nulla di strano, ora poteva mettersi a letto. Sotto le coperte, sfinita per la tensione, sentiva le palpebre appesantirsi e prima di crollare in un sonno profondo, aveva bisbigliato fra sé:
«Ti prego, Signore... proteggila...».
Come ogni notte, André, aspettava Margaret al solito posto, sulla spiaggia.
Quello era il momento più sublime della giornata, bramato da entrambi per tutto il tempo che li separava.
Gli abbracci, i baci e le carezze rendevano i loro incontri densi di emozioni, di sensazioni sempre nuove e intense, consolidando il loro legame e la loro intesa in modo indissolubile. Facevano l'amore tutta la notte, escludendo

il mondo circostante, con passione, con sentimento, sempre più complici, sempre più uniti.
Restavano poi stretti, ad ascoltare le onde, cullati dal rumore del mare, in silenzio, finché il battito del cuore e il respiro tornavano regolari, stanchi ma totalmente appagati.
André la teneva teneramente fra le braccia e le parlava della sua famiglia, della sua casetta in campagna, in Provenza, di quanto sarebbe stato meraviglioso cominciare là, una vita insieme, con tanti bambini e infinito amore.
Margaret l'ascoltava, assaporando la tranquillità dei suoi racconti, la sua voce la emozionava, fantasticare sul tipo di famiglia che avrebbero costruito, la rendeva felice era quella la vita che voleva, era sempre più desiderosa di concretizzare quei sogni talmente vividi da sembrare realtà e sperava con tutta se stessa che un giorno un miracolo potesse avverarli.
Tornati allo scoglio, prima di lasciarsi, André, le aveva fatto una richiesta, mostrando tutto il suo orgoglio e la soddisfazione per ciò che aveva in serbo per lei:
«Domani notte porta con te una persona fidata... voglio farti una sorpresa...» poi l'aveva baciata con tutto l'amore provato.
Margaret, euforica come una bambina la notte di Natale, l'aveva pregato di darle qualche indizio a riguardo, impaziente:
«Una sorpresa? Per me? Oh, per favore, André, non lasciarmi sulle spine fino a domani... dimmi almeno di cosa si tratta... non puoi torturarmi così!».
Il giovane non si era fatto intenerire e fermo nella sua decisione, con l'indice, sulla bella bocca imbronciata di Margaret, l'aveva zittita.

GYUNKO.

Adorava quell'espressione, l'aveva catturato fin dal primo giorno al molo, e impedendole di proseguire le aveva sussurrato:
«Sssttt, mon amour... pazienza... domani saprai tutto...» con un altro bacio appassionato aveva interrotto la sua tentata protesta:
«Ora vai, è molto tardi... fai attenzione... conterò i minuti... je t'aime, mon amour...».
Come ogni volta, era scivolata via dal suo abbraccio per perdersi nel vento, come sabbia impalpabile fra le dita, lasciandogli solo quell'inconfondibile fragranza di fiori selvatici e di erica.

Cap. XII

Una promessa per sempre

Era una bellissima notte stellata.
Dopo una giornata di preparativi, tutto era pronto e perfetto.
André e Marcel aspettavano Margaret al grande scoglio, entusiasti del lavoro fatto ma con un pizzico di ansia per la reazione di Margaret ma soprattutto, curiosi di vedere l'espressione sul suo grazioso visino.
Il tempo pareva fermo e André, vedendo il ritardo di Margaret, formulava, preoccupato, le peggiori ipotesi.
Finalmente, il nitrito di Astrid, aveva cancellato tutti i timori e con suo enorme sollievo, le ragazze erano arrivate, bellissime e trepidanti di curiosità.
I giovani si erano fatti avanti, andando loro incontro, cercando di apparire calmo, André, aveva preso la mano di Margaret portandosela alle labbra dolcemente, col cuore ballerino in petto:
«Grazie al cielo siete qui... immagino tu sia Elisabeth... la bellezza è una dote di famiglia... lui è Marcel, un caro amico, è come un fratello per me...».
Margaret, rivolta ai ragazzi aveva confermato:
«Sì, è mia sorella ed è anche un'amica preziosa...».
Marcel, incantato dalle giovani donne, avvicinandosi per salutare, aveva fatto un inchino di rispettosa ammirazione.
Anche Elisabeth, piacevolmente colpita, non si era trattenuta, esclamando:
«Posso dire lo stesso di voi, ragazzi... visti da vicino siete proprio due bei giovanotti!».
Ridendo avevano sciolto la tensione e superato

l'imbarazzo, Marcel, ripetendo l'inchino aveva precisato con vanto:
«Merci madame, è il minimo! Solo il meglio per due gioielli di raro splendore!»
«Bien, Marcel, smetti di fare il galletto, porta rispetto!» divertiti, avevano riso ancora, in quell'atmosfera amichevole, quasi famigliare:
«Ora che abbiamo fatto le presentazioni, è meglio andare... è più sicuro mettersi al riparo da occhi indiscreti...» aveva detto André, prendendo Margaret per mano per salire su Astrid.
Marcel, con tutto il garbo e il bon ton possibili aveva fatto salire Elisabeth su un cavallo preso in prestito da un amico e così, come vecchi amici, avevano galoppato fino alla baia.
Giunti in prossimità della grotta, avevano legato i cavalli alla solita staccionata fra la vegetazione, André e Marcel, più veloci e impazienti si erano messi, uno accanto all'altro, davanti all'ingresso roccioso, ansiosi di vedere l'espressione delle ragazze.
Margaret ed Elisabeth, si erano bloccate, senza fiato, stupite, lo scenario era da favola: il percorso d'ingresso era delimitato da due file parallele di mazzetti di fiori selvatici, alternati da una candela accesa.
All'interno erano sistemate diverse coperte di colore blu, verde, giallo e rosa con dei cuscini degli stessi colori.
Sul fondo della piccola grotta, una lampada ad olio diffondeva, nello scuro spazio interno, una calda luce soffusa, gradevolmente accogliente, mentre, lungo il perimetro delle pareti rocciose, interne, brillavano, posizionate ad egual distanza l'una dall'altra, tante altre piccole candele accese che col loro tenue tremolio, illuminavano l'ambiente, rendendolo molto romantico.

Da un lato delle coperte, troneggiava un grosso masso ovale, scoperto e ben levigato dalle maree, fungeva da tavolino naturale, qui, erano stati accuratamente sistemati, un cestino di fragole fresche, una bottiglia di frizzante vino bianco e quattro bicchieri.
Al centro sulle coperte, in bella vista, spiccava una splendida coroncina composta da erica e dagli stessi fiori usati nei mazzetti, intrecciata con deliziosa sapienza, dall'effetto cromatico magistrale.
Margaret, guardava quell'incantevole capolavoro, commossa, fissava tutti i particolari con gli occhi colmi di lacrime, ogni cosa esprimeva cura, dedizione e amore.
André, altrettanto commosso, le stava di fronte, cercando una risposta, tenendole le fredde manine strette nelle sue, con uno strozzato sussurro aveva spiegato:
«Non piangere, mon amour... questa è la mia sorpresa per te... dovevo farti capire quanto sei importante... unica... dimmi qualcosa...» l'aveva esortata, asciugandole i lacrimoni che scendevano sulle sue guance.
Margaret era confusa, l'emozione intensa non le permetteva né di pensare lucidamente e neppure di parlare, voleva solo fuggire, subito dal suo triste mondo, con lui.
Dopo vari tentativi, respirando a fondo aveva tentato di esprimersi:
«Hai fatto tutto questo... per me? ... non so cosa dire...».
André le teneva forte le mani e sfiorandole la fronte con un bacio le aveva espresso le sue intenzioni con tutto il suo profondo sentimento:
«Dimmi solo di sì... non voglio altro... qui, questa notte, nel nostro angolo segreto, davanti alle persone di cui ci fidiamo... voglio sposarti... sarà solo per noi e per sempre...».

Marcel ed Elisabeth, poco distanti, guardavano Margaret con gli occhi lucidi e il fiato sospeso in attesa di una sua risposta che tardava ad arrivare.
Si sentiva mancare, l'emozione era schiacciante, era il gesto più significativo e importante, come prova d'amore, che il suo uomo potesse fare.
Cominciando a dubitare del consenso della ragazza, André aveva sdrammatizzato, tentando una battuta:
«Hai intenzione di farmi morire di crepacuore, ma chérie... cosa mi rispondi?».
Incapace ormai di controllare le emozioni, Margaret, aveva acconsentito:
«Sì, sì... come potrei rifiutare dopo tutto questo... io ti amo, André...» le si era tuffata fra le braccia fra risa e singhiozzi con enorme sollievo del suo futuro sposo:
«Oh, mon amour, mi rendi l'uomo più felice del mondo», poi, per la gioia, l'aveva sollevata in un abbraccio, volteggiando e baciandola, euforico.
Impaziente, l'aveva posata di nuovo a terra, per sparire nella grotta e tornare da lei con un mazzolino di fiori e una coroncina e con solennità gli aveva messo i fiori tra le mani e sistemato con delicatezza la coroncina sul capo fra i lunghi boccoli dorati.
Non esisteva, sul pianeta, creatura più bella, André fissava il viso di Margaret estasiato, grato al destino di averla condotta sul molo quella mattina:
«So che non è quello che avevamo sognato... ma, per me, ha lo stesso valore di un matrimonio, con le stesse promesse e lo stesso impegno per la vita...» si era giustificato, nascondendo l'amarezza di saperla già sposata e di non poter darle la cerimonia che meritava, celebrata alla luce del sole, in presenza di tutti i suoi cari.
Il semplice cuore innamorato di Margaret, però, non

aveva pretese e tutto ciò che desiderava era lì, in piedi, davanti a lei e con uno sguardo intenso con un sussurro l'aveva rassicurato:
«È molto meglio... è perfetto... non potrei desiderare nulla di diverso...».
L'uno di fronte all'altra, avevano dato inizio al loro personale rito nuziale, mentre Marcel suonava, con l'arpa celtica, una soave melodia, accompagnando le loro parole con un suggestivo sottofondo musicale.
Elisabeth assisteva incantata, asciugandosi le lacrime col fazzoletto di Marcel e tirando su col naso di tanto in tanto, ai voti pronunciati da André:
«Ti ho amata dal primo istante che ti ho vista... ti dono il mio cuore, il mio corpo, la mia mente e la mia anima...ora e per sempre...» aveva proseguito Margaret, con gli occhi lucidi e la voce tremante:
«Ti ho amato dal primo istante che ti ho visto... tu mi hai insegnato cos'è l'amore vero... ti dono il mio cuore... il mio corpo... la mia mente e la mia anima...ora e per sempre...».
Elisabeth si era avvicinata, porgendo loro i simbolici anelli, due semplici cerchietti d'argento.
André, prendendone uno, l'aveva messo il dito di Margaret:
«Con questo anello ti sposo, Margaret, ti sarò sempre fedele e ti giuro che un giorno verrò a prenderti per portarti via con me e vivere insieme tutta la vita...».
Margaret aveva proseguito:
«Con questo anello ti sposo, André, ti sarò sempre fedele, giuro che ti aspetterò fino al giorno in cui verrai a prendermi per portarmi via con te e vivere insieme tutta la vita...».
Si erano, infine, baciati, commossi e innamorati, un bacio

appassionato vincolo eterno della loro promessa d'amore. Marcel posando l'arpa, aveva esclamato scherzando: «Hei, amico, non ho detto puoi baciare la sposa!» alleggerendo l'atmosfera d'intensa commozione.
Anche Elisabeth non aveva trattenuto la sua approvazione, fra le lacrime:
«Mio Dio... sono così belli... e il loro amore è così puro e speciale... credo di non aver mai pianto tanto a una cerimonia, grazie Marcel... sei una persona stupenda e un amico prezioso... poi...complimenti per l'impeccabile lavoro che hai fatto coi fiori e l'allestimento, dovrò ingaggiarti se mi sposerò!»
«Grazie, è tutto merito di mia madre, è stato utile aiutarla al suo negozio di fiori... anche tu sei una persona stupenda e non mi riferisco solo a quello che fai per Margaret... è stato un onore conoscerti... hai ragione, sono perfetti insieme, sono riusciti a fare piangere anche me! Dobbiamo stargli sempre accanto... ne avranno bisogno...».
Con un sorriso amaro, Marcel, aveva preso e stretto la mano di Elisabeth nella sua, come per stringere un'alleanza, da quel momento in poi avrebbero vegliato su di loro come angeli custodi ed Elisabeth, con un cenno del capo, annuendo, confermava quella triste verità, anche lei aveva gli stessi presentimenti.
Per alleggerire l'alone di triste pesantezza calato intorno a loro, Marcel, aveva esordito con una delle sue allegre battute:
«Allora, ragazzi, vogliamo fare questo brindisi, sì o no? Credo, cara Elisabeth, che questi due, non vedano l'ora di liberarsi di noi!».
Quella risata, in coro, esorcizzava il futuro, un futuro sconosciuto e beffardo che avrebbe riservato non poche

spiacevoli sorprese.
Marcel aveva preso André in disparte, stringendogli una spalla con la mano libera dal bicchiere, si era congedato affettuosamente:
«Congratulazioni, amico... goditi la tua bella "mogliettina" ... accompagno io Elisabeth, a casa... ci vediamo alla locanda...»
«Grazie di tutto, Marcel, non finirò mai di ringraziarti, spero di ricambiare, un giorno, sei un vero amico...»
«Non devi ringraziarmi, so che faresti lo stesso per me... mi basta sapere che sei felice...».
Intanto Elisabeth, salutava Margaret:
«Tesoro, i ragazzi hanno fatto un lavoro superbo... è stato meraviglioso e... voi siete perfetti insieme... goditi la tua felicità e non smettere mai di crederci... ci vediamo domani, temo di non riuscire ad aspettarti sveglia...»
«Grazie, Beth, non so cosa farei senza di te... sei la sorella migliore del mondo...buona notte...». Si erano scambiate un forte abbraccio carico d'affetto, di protezione, di solidarietà.
Stavano per lasciare la spiaggia quando André si era tolto dalle tasche un piccolo sacchetto di stoffa, estraendone il contenuto con aria improvvisamente seria:
«Dimenticavo qualcosa di molto importante... ognuno di noi custodirà una di queste conchiglie... sarà un segnale in codice, un mezzo per comunicare... basterà farla arrivare al destinatario e saprà che uno di noi ha delle novità... ci troveremo sempre al grande scoglio, salvo diverse indicazioni e... buona fortuna a tutti...».
Si erano poi stretti la mano, tutti insieme, come impavidi moschettieri e dopo un ultimo saluto, Marcel ed Elisabeth, si erano immersi nel fitto buio di quella notte che avvolgeva nella sua tacita oscurità, i loro segreti,

lasciando André e Margaret liberi di amarsi senza curarsi di nulla e di nessuno.
In quello squarcio di Paradiso, non servivano firme o pastori celebranti, era tutto giusto e naturale, per i loro corpi, per i loro cuori, per il loro amore, vero, unico e per sempre.
Complice il vino, che non era solita bere, quell'atmosfera magica, avvolgente, trovarsi lì con André, l'uomo che amava e vedere cosa aveva fatto per dimostrarle il suo amore, Margaret si sentiva su di giri, priva di inibizioni, desiderosa di provargli quanto lo amasse e quanto fosse importante per lei.
Seduta a cavalcioni su André, piacevolmente sorpreso per quella spregiudicata iniziativa, aveva preso una grossa fragola matura e con una luce di provocante malizia negli occhi, si era sporta verso André per stuzzicarlo:
«Tutte queste sorprese mi hanno messo un certo appetito... ora siamo sposati... devo prendermi cura di te... maritino mio...» e con la fragola fra le labbra, invitava André a morderla insieme a lei.
André la sentiva su di lui, sensuale, disinvolta e sicura nei gesti e nelle esplicite stuzzicanti intenzioni.
Questi modi da seduttrice e il suo inconfondibile profumo, lo eccitavano come non mai e mordendo e deglutendo il suo boccone, l'aveva presa, stretta più forte, per le natiche, per attirarla ancora più vicina e baciarla:
«Oh, sì, ma chérie... fai di me ciò che vuoi...».
Margaret non si era fatta pregare e compiaciuta delle reazioni scatenate, aveva evitato il bacio, giocando e accendendo un desiderio sempre più intenso per spingerlo oltre la sua eccitazione.
Si avvicinava fino a sfiorargli le labbra per spostarsi sugli angoli della bocca per raccogliere una goccia di succo

acidulo, scappato dal morso, scendeva sulla gola, dove sentiva il cuore di André accelerare, impazzito.
Insisteva impassibile, irremovibile, decisa a farlo capitolare, senza pietà: prima una fragola poi gli sfioramenti intorno alla bocca, sulle guance, sul collo e ancora verso il petto dai muscoli contratti che accarezzava con ripetute e insistenti carezze, sotto la camicia ormai completamente sbottonata.
André, allo stremo della sopportazione, sotto quell'implacabile tortura, fra un roco sospiro e l'altro, l'aveva pregata:
«Piccola strega tentatrice... se hai deciso di uccidermi... sei sulla strada giusta ma... ti scongiuro...metti fine a questa dolce agonia...».
Margaret, soddisfatta, intenzionata a non fermarsi e ad esercitare tutto il suo potere, dopo avergli sfilato la camicia dalla testa, aveva coperto di piccoli baci, l'addome dai muscoli tesi, per risalire e sussurrargli in un soffio ad un orecchio:
«Quanta fretta, maritino... pazienza... avrai tutto ciò che desideri a suo tempo...» aveva promesso con un sorriso ironico:
«Me l'hai detto tu, ieri sera, no?... Pazienza...».
André, ormai incapace di ogni controllo, ebbro di vino e di lei, sentiva il sangue pulsare al ritmo dei loro cuori, a stento riusciva a dare un filo logico alle parole che uscivano incerte dalla bocca per la gola arsa dall'affanno:
«Mon dieu, chérie... hai imparato in fretta... c'est magnific... non credo di resistere ancora per molto...».
Determinata a continuare su quella calda scia di crescente eccitazione, diventata ormai insopportabile anche per lei, gli aveva sbottonato i pantaloni per sfilarglieli lentamente, avvolgendogli le cosce, l'inguine e

i polpacci tonici con carezze sempre più audaci, evitando accuratamente e di proposito di accarezzare o baciare il suo pene eretto e gonfio, ormai prossimo ad esplodere di piacere.
Lentamente era risalita, proseguendo nel suo inesorabile rituale erotico.
Schiacciata sul suo torace scolpito, imperlato di sudore gli aveva sospirato, mordendosi il labbro inferiore:
«Mi sembri accaldato, maritino… ci vuole qualcosa di fresco…» senza dargli il tempo di capire cosa avesse in mente, Margaret, allungando una mano, aveva afferrato il bicchiere col poco vino rimasto e con devastante lentezza, l'aveva versato, goccia a goccia, sull'ombelico, per poi ripulirlo accuratamente con golosi, stuzzicanti movimenti delle labbra e della lingua.
Con un gemito animalesco, André, pronto alla resa, l'aveva afferrata per bloccarla, con abilità e altrettanta sveltezza, sotto di lui:
«Questo è davvero troppo… non posso sopportare un secondo di più…» e impossessandosi della bocca di Margaret, si era abbandonato, sfogando tutto il suo desiderio e la sua passione:
«Mia bellissima strega tentatrice… sei irresistibile…».
André era passato, con la sua vorace ispezione, ad assaporare il collo, i seni palpitanti, i capezzoli turgidi per scendere sul ventre, sull'ombelico, sulla morbida peluria e infine dentro quel succoso frutto maturo, pronto per essere colto e gustato.
Margaret, abbandonata completamente, non tratteneva gridolini e gemiti di piacere che mandavano fuori controllo André, erano travolti da una tempesta di sensazioni sempre inedite.
Margaret si sentiva libera di amarlo e di essere

amata totalmente, nulla l'aveva mai gratificata così intensamente, nessun piacere era stato mai così prorompente e completo, lo voleva con tutto il suo essere. Lo voleva subito.

Non servivano parole, André conosceva ogni fremito, sospiro o vibrazione del corpo di Margaret, c'era un'intrigante, perfetta alchimia tra loro, sentiva tutto ciò che voleva perché era esattamente la stessa cosa per lui, ogni volta, sempre di più... per sempre...

Ad ogni incontro il loro legame diventava più intimo, stretto, profondo, coinvolgente, sconvolgente e... indissolubile, godevano insieme di quella sublime estasi dei sensi che li univa ogni istante di più.

Era come turbinare all'impazzata su una barca, risucchiata da un vortice di acque tempestose che dopo un susseguirsi di giri su se stessa, abbandona i timoni, perde la rotta per essere poi scaraventata verso riva dalle correnti e giace, infine, immobile sulla spiaggia.

Così, i loro corpi stremati, all'apice del piacere, restavano immobili, indifesi, avvinghiati l'uno all'altra, appagati e felici, unici superstiti su quella spiaggia al riparo da tutto ciò che li angosciava, protetti da quell'angolo di Paradiso, nascosti dalla malignità degli occhi del mondo circostante.

Cap. XIII
Nuove strategie e nuovi legami

Erano passate quasi tre settimane.
Margaret, con la complicità di Elisabeth, poteva contare su un valido aiuto in caso di imprevisti.
Fino ad allora, tutto era andato nel migliore dei modi e Margaret usciva, puntuale ogni notte, per incontrare André.
Elisabeth le copriva le spalle, se necessario, come una fedele sentinella.
Proprio quella notte, Elisabeth, svegliata dal secondo rintocco della pendola, aveva udito un certo subbuglio provenire dal piano di sotto: rumori e voci si alternavano, mescolandosi in modo concitato, senza far capire cosa stesse accadendo.
Col suo proverbiale sangue freddo, con calma, aveva origliato contro la porta della camera, per saperne di più.
Si udivano, poco comprensibili, diverse voci di uomini e donne, forse, qualcuno della servitù... Era poi uscita sulla veranda, per indagare se intorno alla casa ci fosse qualcosa o qualcuno di sospetto che avesse a che fare con la fuga di Margaret, ma non capiva il motivo di tutto quel movimento.
Tornata all'interno, aveva ripreso il suo attento ascolto, appoggiata alla porta.
Ad un tratto, dal corridoio, un rumore di passi verso le scale, sempre più vicini, l'aveva messa in allarme.
Qualcuno stava salendo!
Il momento tanto temuto era arrivato ed Elisabeth, in piedi, immobile, col fiato sospeso, attendeva di mettere in atto la difesa di Margaret.

Dalla fessura sotto la porta, intravedeva la luce di una lampada ad olio, filtrare dal pavimento, prima debole, poi più luminosa.

Dopo qualche istante, Lady Clarice aveva bussato, preoccupata, cercando di non fare troppo chiasso:

«Elisabeth... Margaret... tutto bene, ragazze?».

Elisabeth, aveva preso un bel respiro per riordinare le idee, con la velocità di una gazzella, presi due cuscini, li aveva posizionati sotto le coperte al posto di Margaret, poi aveva aperto leggermente la porta, sporgendosi col capo:

«Mamma, cosa succede?» aveva bisbigliato, fingendosi assonnata.

Lady Clarice cercava di sbirciare dietro le spalle della ragazza:

«Peter ha sentito degli strani rumori provenire dal retro... forse, un ladro... qui è tutto a posto?»

«Sì, sì, mamma, Margaret dorme, non voglio spaventarla...» aveva risposto lasciando, volontariamente, intravedere la sagoma sotto le lenzuola.

La madre, più tranquilla, aveva fatto un passo indietro per tornare nella sua stanza:

«Bene... scusate... chiudi la finestra, cara, è più sicuro... buona notte...»

«Vado subito... buona notte mamma...».

Santo cielo che vista da falco aveva quella donna, non le sfuggiva nulla! Ora sapeva da chi aveva ereditato quello spiccato spirito di osservazione! Pensava fra sé, sollevata per averla scampata e si era rifugiata sotto le coperte, in attesa, cercando di tenere sotto controllo l'ansia per il ritardo di Margaret.

Al terzo rintocco, con suo grande sollievo, Margaret era entrata sana e salva, comparendole come una visione divina:

«Grazie al cielo... hai fatto più tardi del solito... ero preoccupata... c'è stato fermento questa notte...»
«Infatti, me la sono vista brutta... c'era quasi tutta la servitù intorno a casa... ho dovuto stare nascosta finché tutti sono rincasati!» aveva spiegato Margaret mentre si spogliava, ancora senza fiato.
A bocca aperta per l'apprensione, Elisabeth, aveva dato la spiegazione dell'accaduto:
«A chi lo dici, sono morta di paura! Temevo ci avrebbero scoperte! Pare che i domestici fossero tutti a caccia di ladri... mamma è venuta a vedere se stavamo bene...»
Margaret era sbiancata:
«Oh, mio Dio, Beth... quindi?» aveva esclamato, sfinita, lasciandosi cadere, sul letto, poi, sentendo i cuscini ammucchiati in modo strano, aveva scostato le lenzuola curiosa:
«E questi?»
«Sssttt, fai piano... quella sei tu...stai dormendo!» aveva risposto ironicamente Elisabeth.
Ridendo sommessamente per non farsi sentire, si erano infilate a letto, la tensione era svanita, come la paura:
«Sei grande, Beth... ti adoro... buona notte»
«Grazie, tesoro...questa è andata... buona notte anche a te».
Il mattino seguente, Elisabeth, leggeva in veranda mentre Margaret, seduta davanti allo specchio della toeletta, conversava con Nancy, intenta a spazzolarle i capelli.
Nancy le piaceva, avevano subito fatto amicizia, forse perché erano coetanee o forse per il suo carattere schietto e spontaneo, molto diverso dalle altre ragazze della servitù e simile al suo.
Aveva chiesto espressamente di lei, affidandosi al suo buon gusto sempre attento alle ultime mode parigine e

alla sua abilità nell'acconciarle i capelli e nel sistemarle i capi di abbigliamento, per gli eventi e le occasioni mondane.
Era stato facile instaurare un rapporto di amichevole rispetto, si sentiva a suo agio con lei:
«Dimmi, Nancy... cos'è successo questa notte? ... io non ho sentito nulla, dormivo come un ghiro ma... Elisabeth mi ha detto che c'è stata un po' di confusione...»
«Niente di grave, my lady, pare abbiano tentato di rubare senza riuscirci... oggi Peter e Alfred vedranno di studiare qualcosa per rinforzare le serrature dei piani sottostanti...».
Margaret ascoltava, questo poteva essere d'intralcio.
Sempre continuando a pettinarla, Nancy, aveva proseguito:
«Siete così bella, my lady... i vostri capelli sembrano di seta...»
«Sei gentile, Nancy, sei molto carina anche tu... chissà quanti corteggiatori avrai!»
«Non ho tempo per queste cose, my lady, devo lavorare e aiutare la mia famiglia... ho cinque fratelli più piccoli... ma un giorno...chissà... ci penserò...».
Nancy si era intristita, terminando di raccogliere le ciocche arricciate, con due splendidi fermagli d'argento, madreperla e piccole pietre preziose:
«Ecco fatto, my lady... vi donano molto...»
«Grazie, Nancy, hai fatto un ottimo lavoro... sei una brava ragazza e sono sicura che da qualche parte c'è un bel giovanotto per te...» con un inchino era sparita dietro la porta per raggiungere di corsa la lavanderia.
Meg, uscita in veranda, aveva aggiornato Elisabeth sulle novità e con un filo di voce aveva aggiunto:
«Beth... temo che potremmo avere un problema...»

«Sì, cara...temo proprio di sì...» le aveva risposto pensierosa senza distogliere lo sguardo dal libro.
Nonostante stallieri e fabbri si fossero dati un gran da fare per mettere in sicurezza porte e finestre nelle scuderie e nei sotterranei, non erano stati fatti grossi cambiamenti e con un po' di femminile strategia e l'aiuto di qualche posata, sottratta a cena, le ragazze erano riuscite ad escogitare un metodo per uscire ed entrare con facilità senza destare sospetti e ogni notte, Margaret, attuava le sue fughe d'amore.
Quella notte però, un'altra tresca amorosa si stava consumando.
Nancy, al ritorno dall'incontro col suo amante, si era nascosta, paziente, nel tetro sottoscala, ad attendere che quegli strani tintinnii, provenienti dalle scuderie, cessassero.
Si era avvicinata, in prossimità del corridoio che conduceva ai box degli animali e completamente aderente alla parete, nel buio, aveva aspettato, quasi senza fiato, di vedere chi ci fosse là poco distante da lei.
Lo scalpitio degli zoccoli di Astrid, l'aveva fatta sobbalzare... Lady Margaret? Dove fuggiva nel cuore della notte, con tutta quella fretta?
La curiosità era incontenibile, l'aveva seguita per capire dove fosse diretta.
Conosceva una scorciatoia attraverso la boscaglia che portava al mare, spesso l'aveva usata.
Non capiva... Verso la spiaggia?... Perché?
Nascosta perfettamente dietro un fitto cespuglio, con sua enorme sorpresa, tutte le sue domande avevano trovato risposta...
Margaret, baciava appassionatamente André, davanti al mare, accanto ad Astrid, avvolta in quelle braccia come

l'edera a un pergolato e la loro confidenza, così intima e ardente, lasciava intendere chiaramente che non fosse la prima volta...

"Che mi prenda un colpo, non posso crederci... André!" Aveva pensato Nancy, allibita, per la sorpresa.

Ora tutto aveva un senso... Ecco dov'era finito il cavallo che suo fratello Jason aveva prestato a un amico.

Nancy conosceva André, l'aiutava ogni volta che andava al porto a prendere il pesce o allo spaccio a ritirare la spesa. Gli portava le pesanti casse di frutta e verdura e gliele caricava sul carretto. Era gentile, educato, un bravo ragazzo. Simpatico e sempre allegro, aveva fatto amicizia, insieme a Marcel, con Jason, si fermavano spesso a bere una birra in compagnia e poi... era bellissimo, non era affatto stupita che la sua signora si fosse infatuata di lui.

Questo era davvero un succulento segreto, l'avrebbe tenuto in serbo in caso di necessità.

Li aveva visti poi sparire, nella notte, in groppa ad Astrid, verso la scogliera.

Soddisfatta della sua scoperta, era tornata alla dimora dei Campbell, distrutta per la tensione e la scarpinata, ma ne era valsa la pena... Altroché!

Il mattino seguente, Nancy aveva aperto le tende nella camera di Margaret e di Elisabeth, per poi preparare la vasca da bagno e sorridente le aveva svegliate:

«Buon giorno, signore... sono le otto, è una magnifica giornata!... Oggi mi occuperò io di voi, Matilde è andata in città a fare delle commissioni!».

Le ragazze, tenendosi le mani sugli occhi per ripararsi dalla luce, avevano protestato fra mugugni e sbadigli:

«Oh, no!... Questo sole è insopportabile!».

Nancy, divertita, ripensando alla notte prima e sapendo delle loro poche ore di sonno, le aveva esortate:

«Su, su, coraggio... prima che l'acqua diventi fredda... la biancheria pulita è già nella stanza da bagno... torno più tardi se my lady desidera essere pettinata...» e dopo il solito inchino, le aveva lasciate sole.

Dopo il bagno, pronte e vestite, le due sorelle, avevano fatto colazione in veranda per raccontarsi le loro avventure segrete e mentre Matilde portava via un vassoio, Margaret si era rivolta a lei con la solita gentilezza:

«Matilde, potresti mandare su Nancy? Vorremmo ci illustrasse le ultime novità sulla moda francese in vista del ballo di mezz'estate...»

«Certamente, signore...» aveva annuito con un cenno del capo, dileguandosi subito dopo.

Le giornate estive erano molto piacevoli, Margaret ed Elisabeth, approfittavano della bella stagione per stare all'aperto in tutta tranquillità a scambiarsi confidenze.

Le notti e con loro le settimane, volavano veloci.

Margaret sentiva una fitta allo stomaco, segnale doloroso, dell'avvicinarsi della partenza di André.

Elisabeth leggeva nei suoi pensieri, come fossero scritti sulle pagine del libro che teneva tra le mani:

«So a cosa pensi, tesoro... quel momento sta arrivando... devi essere forte... io sono qui...» le aveva preso la mano per stringerla nella sua, con immenso affetto e altrettanta comprensione.

Margaret, con gli occhi colmi di lacrime, aveva bisbigliato:

«Mi sento morire... sapere se mai lo rivedrò... oh, Beth... si può vivere senza ossigeno? Lui per me e necessario come l'ossigeno...» le lacrime le scendevano sulle guance e sentiva la nausea attanagliarle lo stomaco:

«Solo il pensiero di separarmi da lui mi fa passare l'appetito... cerco di prepararmi... so che deve ripartire e

che quel giorno è vicino... ma è terribile...».
Elisabeth ascoltava con apprensione, consapevole della sua indispensabile presenza da quel momento in poi:
«Lo so, cara, lo so... devi farti forza... affronteremo tutto e poi... non si sa mai, bisogna credere nei propri sogni... bevi un po' di tè...ti farà bene... asciugati le lacrime, Nancy sarà qui tra poco...».

Il pomeriggio era trascorso serenamente, Nancy si era procurata delle riviste di moda, spedite dalla Francia da una zia e insieme avevano passato in rassegna stoffe, modelli di abiti, acconciature e gioielli. Nancy era davvero portata per quel genere di cose e fra progetti, disegni, nastri e fermagli, si era quasi fatta l'ora di cena.

Sul tavolo di marmo della terrazza c'era una distesa confusa di accessori, fermacapelli, nastri e riviste, Nancy, ligia al dovere, aveva riunito ogni cosa, per la fretta di dover correre in cucina:

«Metto tutto in ordine, my lady, poi scappo a prepararmi per servire la cena... manca un fermaglio, guardo se è nel cassetto della specchiera?»

«No, Nancy, è rimasto solo questo. L'altro si è rotto... anzi, prendilo tu... sei sempre utilissima con le tue informazioni e le tue capacità... a me non serve...»

«Ma... ma... my lady, non posso accettarlo...»

«Certo che puoi... mi fa molto piacere regalartelo, accettalo come ringraziamento per il tuo ottimo lavoro e per i tuoi preziosi consigli!».

Con un dolce sorriso, Margaret, con garbo, gliel'aveva messo tra le mani, felice di vedere la gratitudine nello sguardo commosso di Nancy che con voce strozzata aveva ringraziato:

«Grazie... grazie... my lady... non so cosa dire...siete la persona più generosa che abbia mai conosciuto... non lo

dimenticherò mai...».
Quel gesto le aveva toccato il cuore e con gli occhi lucidi era corsa ad occuparsi delle sue mansioni.
Elisabeth aveva osservato tutto e con ammirazione si era rivolta alla sorella:
«Bellissimo gesto, cara, hai un animo nobile, ti fa onore...»
«Non ho fatto nulla di speciale... è giusto aiutare chi è in condizioni peggiori di me... abbiamo solo avuto la fortuna di nascere in una famiglia ricca ma... la fortuna potrebbe voltarti le spalle da un momento all'altro... io ho più di quello che mi serve... tutto qui...».
Elisabeth, aveva sorriso orgogliosa e non poteva che essere d'accordo.

Cap. XIV

Un'umiliante sorpresa

I giorni passavano e si avvicinava anche il ritorno di Edgar.

Lady Clarice aveva chiamato all'appello le figlie per fare colazione e, insieme, approfittare di questo momento per definire il programma della giornata.

Visibilmente agitata per la consueta organizzazione della cena di bentornato, Lady Clarice aveva chiesto collaborazione alle ragazze:

«Devo andare in città a commissionare al sarto e al fioraio, una lista di cose per la cena della prossima settimana... mi accompagnate?».

Le sorelle si erano scambiate una supplichevole occhiata d'intesa, colta al volo da Margaret:

«Saremmo venute volentieri, mamma, ma... Beth deva andare a casa a prendere degli affetti personali...»

«Proprio così... manco da casa da molto, ho bisogno di recuperare dei vestiti e altre cosette... controllare la posta e vedere se è tutto a posto... Meg mi sarebbe molto d'aiuto!» aveva sottolineato Elisabeth.

Margaret, timorosa di dover cambiare i suoi progetti, aveva chiesto trepidante:

«Non può accompagnarti papà?... Magari deve sbrigare qualche commissione anche lui, in città... ma non è ancora sceso a fare colazione...è già uscito?».

«No, cara, tuo padre non ama questo genere di cose da donne... poi oggi non si sente bene... farà colazione in camera...» aveva spiegato la madre.

Elisabeth, rimarcando il suo interessamento, aveva chiesto maggiori informazioni:

«Mi dispiace, mamma... nulla di grave, spero...»
«No, cara, è solamente la sua solita emicrania che ai cambi di stagione non gli dà tregua... con un po' di riposo passerà... va bene ragazze, mi farò accompagnare da Matilde...» e con un saluto, le aveva lasciate a terminare il loro pasto.
Sollevate, con un sorriso trionfante, avevano pensato vittoriose:" scampata anche questa".
La carrozza con le ragazze era uscita dalla tenuta percorrendo il lungo vialetto di tigli.
Sir Arthur, dalla finestra della sua camera, sbirciava da dietro le tende, impaziente e soddisfatto di vedere che la carrozza uscisse dal grande cancello, all'inizio del parco.
Sollevato per l'assenza di moglie e figlie, si era poi accomodato sul letto ad aspettare la sua colazione.
Un'altra carrozza attendeva di partire, sul retro del palazzo, davanti al portone di servizio, proprio fuori dalla vista delle finestre della stanza da letto dei padroni di casa, ormai lì da mezz'ora.
Lady Clarice, si era trattenuta a lungo con Matilde, per concordare una prima lista di cose da fare e da acquistare e dopo aver completato l'elenco, stavano per salire sulla carrozza.
Proprio in quell'istante, dietro di loro, la voce della cuoca le aveva chiamate con insistenza.
La baronessa, spazientita, aveva esclamato, bloccata davanti allo sportellino aperto:
«Buon Dio, cos'altro c'è adesso, Anne! Pare che oggi io non debba proprio andare!» e aveva seguito la cuoca, in cucina, per risolvere anche questo problema.
Di nuovo in procinto di partire, si era ricordata, improvvisamente di una commissione importante:
«Santo cielo, con tutta questa confusione stavo per

dimenticare la mia collana di zaffiri... devo far riparare il fermaglio prima del ballo!».
«Riprendete fiato, Lady Clarice... salgo io a prenderla!»
«Grazie, Matilde, non importa... ci metto un attimo... ormai, più tardi di così... ne approfitto per vedere come si sente mio marito...» e si era affrettata ad entrare dalla porta di servizio.
Per accorciare i tempi, era salita da una scala in comunicazione con gli alloggi della servitù e che, passando dalla biblioteca, attraverso un corridoio, conduceva al piano delle camere da letto.
Avvicinandosi alla porta, si era bloccata, sbiancando in viso, sentendo provenire dall'interno, risolini ed urletti femminili, intercalati, di tanto in tanto da inequivocabili, volgari mugugni maschili.
In preda a un'ira furente, Lady Clarice, aveva spalancato violentemente la porta, interrompendo così, quello che era apparso ai suoi occhi infuocati di rabbia, il più indegno, indecoroso subdolo spettacolo, togliendo qualsiasi dubbio su quanto stesse succedendo nella sua stanza.
L'anziano barone, con le guance arrossate dall'eccessivo eccitamento e i capelli scompigliati, se ne stava seminudo sopra una ragazzina dell'età all'incirca di quella di Margaret, svestita e avvinghiata a lui, in atteggiamenti improponibili.
La ragazza, spaventata da quell'improvvisa incursione, era sobbalzata, urlando, mostrando il seno e le cosce nude e col volto paonazzo dalla vergogna, si era girata di scatto, rivelando la sua identità: Nancy.
«Barone Arthur Philippe Campbell, mi sembra di capire che stai molto meglio!» gli aveva gridato la baronessa.
Il marito, sopraffatto dall'imbarazzo, aveva balbettato

con lo sguardo inebetito:
«Cla... Clarice... ma... ma... non eri uscita?»
«Evidentemente e per fortuna, no! ... Copritevi, siete disgustosi!»
Nancy si era infilata in fretta la sottoveste, stranamente con aria sollevata, mentre Sir Arthur, balzato giù dal letto, cercava di darle le spiegazioni più assurde, armeggiando coi pantaloni:
«Mia cara... posso spiegarti tutto... non è come sembra... sono stato circuito... questa piccola opportunista mi ha sedotto»
«Davvero? Non mi pareva che la cosa ti dispiacesse... anzi!».
Alle parole del barone, Nancy era esplosa, infuriata a sua volta:
«Bugiardo! Hai detto che mi ami e che mi sposerai! Diglielo, Arthur che siamo innamorati!»
Lady Clarice, coi pugni stretti e uno sguardo glaciale, aveva chiesto a denti stretti:
«Sì, Arthur, dimmi... è vero che siete innamorati e intendi sposarla?» attendendo una risposta alla sua ironica domanda.
Il barone Campbell, pallido, con la fronte imperlata di sudore, continuava a deglutire nervosamente provando a giustificarsi:
«Ma... ma... mia cara Clarice... come potrei... io amo solo te... ragiona... non la amo e non voglio sposare questa arrampicatrice sociale! Ascoltami, ti prego! ...».
Quella risposta aveva mandato in escandescenza Nancy che piangendo difendeva la sua posizione:
«Sei un bugiardo! ... Sono mesi che dici che mi sposerai... bugiardo... me lo hai promesso!»
«Adesso basta! Sei una stupida ingenua! Prendi i tuoi

stracci e vattene immediatamente da questa casa, non voglio più sentire parlare di te... mai più!» aveva intimato la baronessa per sovrastare la voce della giovane.
Nancy, in lacrime, aveva raccolto i vestiti dal pavimento ed era fuggita come seguita dal diavolo.
Lady Clarice aveva poi chiuso la porta e con calma serafica e imperturbabile determinazione, aveva espresso il suo pensiero:
«... E ora, veniamo a noi. Credevo che la lezione di Jane ti fosse servita ma... è chiaro che non è così... sei un insulto al genere maschile e un'indegna offesa a quello femminile. Non hai nessun pudore e neppure il minimo rispetto per la tua famiglia e quel che è peggio, in casa di tuo genero... approfittare così di una ragazza dell'età di tua figlia... dovresti vergognarti! Sei solo un vecchio caprone in calore... mi fai schifo!».
Sir Arthur cercava di scusarsi, adducendo ragioni insensate ma sapeva perfettamente di avere approfittato anche troppo della tolleranza della sua consorte e di avere oltrepassato ogni limite, nessuna scusa era plausibile o accettabile.
Ascoltava mestamente, col capo chino, quelle taglienti, dure verità:
«Ho sopportato fin troppo i tuoi trastulli amorosi extraconiugali... ora basta... da oggi si fa come dico io... non sono disposta a tollerare oltre...».
Si era poi seduta sul divanetto ai piedi del letto, amareggiata, umiliata ancora una volta... vuota... Aveva ripreso fiato per continuare:
«Partirai subito per andare in campagna da tua madre e rifletterai molto attentamente sul tuo squallido comportamento... io farò lo stesso... rifletterò... se deciderò di farti rimettere piede in questa casa e

ripeto, se... dovrai cambiare radicalmente le tue insane abitudini, dovrai tenere un comportamento da far rabbrividire un santo... ammesso che tu riesca ancora a convincermi... posso vivere anche senza di te, sono ricca abbastanza da mantenere me e le mie figlie in questa casa o altrove... Tu puoi fare lo stesso?... Non credo proprio!» aveva sottolineato con un ghigno sarcastico.

Il barone continuava a fissarsi i piedi, ancora scalzi, passandosi una mano tra i capelli arruffati, questa volta aveva proprio toccato il fondo, era stato uno stupido ad agire con tanta leggerezza, era stato sorpreso come un bambino con le dita nel barattolo della marmellata, come aveva potuto essere tanto sciocco! Doveva riparare ad ogni costo, altrimenti, per lui, sarebbe stata la fine:
«Hai perfettamente ragione, Clarice... ti prometto...»
«Taci!... Taci!... Non peggiorare le cose e soprattutto non fare promesse che non sei in grado di mantenere!... Prepara quello di cui hai bisogno e vai...» alzandosi dal divano aveva raccolto le forze per concludere con tono gravoso:
«Diremo che sei fuori per lavoro, per incontrare dei clienti e per visionare macchinari nuovi per la filatura... per ora è tutto...».

Era uscita muovendo i primi passi a fatica, stanca dell'ennesima farsa da recitare ma ritrovando gradatamente la sua dignità, a tasta alta, sbattendo forte la porta dietro di lei per sfogare la rabbia, diretta, con la stessa determinazione nota a tutti, a dare fine a quello scandaloso episodio nell'unico modo possibile.

Nel salone d'ingresso, davanti alla servitù al completo come un generale davanti ai suoi soldati, aveva fermamente chiarito la situazione:
«Nancy è stata licenziata... immagino sappiate già i

motivi, non serve che ve li rammenti... spero vivamente che non si ripeta mai più un episodio di tale gravità... questa è la sorte che riserverò, da oggi, a chiunque di voi non lavorerà seriamente, nel rispetto che esigo per le persone e le regole di questa casa... potete tornare al vostro lavoro...» poi rivolta a Nancy:
«Tu, no! Ancora un momento! Vuota le tue borse, voglio vedere se hai rubato qualcosa!».
La ragazza, indignata, aveva rovesciato a terra tutte le sue cose, messe alla rinfusa dentro due grosse sacche di tela:
«Io non rubo, non sono una ladra!».
Un suono metallico aveva colpito il pavimento. Fra gli umili vestiti, spiccava il prezioso fermaglio per capelli di Margaret.
Lady Clarice, con espressione sardonica, compiaciuta della conferma ai suoi sospetti, l'aveva raccolto, mostrandolo con tono accusatorio:
«Ah, no? E questo dove l'hai preso? Sei una sporca sgualdrina e per di più ladra! Sparisci dalla mia vista!».
Disperata, per quell'ingiusta accusa infamante, singhiozzando, era esplosa per difendersi:
«Non l'ho rubato, me lo ha regalato Lady Margaret... non sono una ladra... non l'ho rubato! Sono una persona onesta... io non rubo! Sono molto meglio di voi ricchi ipocriti che nascondete sotto i vostri abiti costosi le azioni più meschine, calpestando e sfruttando la povera gente!».
La Baronessa Campbell era fuori si sé e alzando una mano in segno di minaccia, quasi per colpirla, si era lasciata andare a tutta la collera che aveva in corpo:
«Chiudi quella bocca, piccola schifosa insolente e corri a gambe levate prima che faccia qualcosa di cui pentirmi!» le aveva aperto il portone per cacciarla in malo modo, richiudendolo con tutta la forza e il risentimento che le

erano rimasti, lasciandosi alle spalle le imprecazioni di Nancy:
«Giuro che ve la farò pagare! Me la pagherete! Non avrò pace finché non avrete pagato tutto il male che mi avete fatto! Fosse l'ultima cosa che farò!».
Si era quindi ritirata nelle sue stanze dove era rimasta per due giorni, dicendo di non si sentirsi bene.
Dopo quell'incresciosa parentesi, Margaret ed Elisabeth non avevano più visto la madre, ne avevano rispettato la privacy e compreso il disagio causatole.
Quella mattina, scese per fare colazione, erano rimaste piacevolmente sorprese vedendola già a tavola, nella saletta da pranzo, con la tazza del tè in mano:
«Buon giorno, mamma... come ti senti? Hai l'aria stanca...» aveva notato Margaret, prendendo posto accanto a lei.
Anche Elisabeth aveva notato quell'espressione ferita, nei suoi occhi, che conosceva bene:
«È vero, sei pallida... forse dovresti cambiare aria e prenderti qualche giorno di vacanza...».
«Sto bene... sto bene, ragazze... ho solo bisogno di riprendermi... mi basta avervi accanto e sapere che posso contare su di voi...».
Margaret, per la prima volta, vedeva sua madre sotto una luce diversa.
Le appariva fragile, indifesa. Non conosceva questo aspetto diverso del suo carattere, sempre fiero e combattivo, sapeva molto bene che non era dovuto al suo stato di salute, le voci si erano diffuse velocemente fra la servitù, dopo quel parapiglia che aveva destato molto clamore, non ne era nemmeno sorpresa, sapeva delle scappatelle di suo padre e prendendo il discorso alla larga, aveva indagato:

«Sai che ti vogliamo bene e siamo accanto a te se vorrai il nostro appoggio... papà non scende a fare colazione?»
«No, tesoro... starà via per un po' per questioni di lavoro...» l'aveva rassicurata con un sorriso forzato.
Non era solita vederla con quella svogliata malinconia, non pareva la persona forte, sempre attiva e impegnata a fare qualcosa, ora tante cose le erano più chiare, quella continua necessità di organizzare cene, incontri culturali di salotto, eventi importanti, fra gente di prestigio che la apprezzava e la lodava, ne aveva bisogno per sentirsi gratificata e per sopportare meglio la vita matrimoniale e l'indifferenza di un marito al quale sembrava invisibile tranne che per sfruttare i suoi soldi e la sua posizione sociale, quello era il suo angolo di felicità.
Infondo non erano poi così diverse ed era tutto molto triste.
Scambiandosi un affettuoso sguardo complice di comprensione fra sorelle, si erano avvicinate e avevano preso le mani della madre per sostenerla:
«Possiamo fare qualcosa per te, mamma?»
«Potremmo andare in città se ti va...» aveva aggiunto Elisabeth.
«Vi ringrazio, siete molto carine a offrirmi la vostra gradita compagnia... lo apprezzo, ragazze... ma devo superarlo da sola... con le mie forze, devo rimettere in sesto la mia vita... me stessa e prendere delle decisioni...» aveva stretto la mano delle figlie e con una punta di rammarico aveva dato sfogo a una sorta di confessione:
«Ho fatto tanti errori nella mia vita... per ingenuità, per orgoglio e ambizione... anche con te Margaret... volevo tu avessi il meglio... che non ti mancasse nulla... però non sei felice... lo vedo... gli errori si pagano, tesoro mio... si pagano sempre... tu almeno hai un marito che ti rispetta

e ti vuole molto bene... io non posso dire altrettanto...».
Finalmente, Margaret, sentiva un profondo legame affettivo con la madre, aveva scoperto il lato vulnerabile e umano che non conosceva, solo ora vedeva quanto fosse sensibile e dolce. Si erano abbracciate e con gli occhi lucidi, Lady Clarice, le aveva tranquillizzate:
«Andrà tutto bene... supereremo anche questo, col vostro aiuto sarà più facile... non preoccupatevi... ho le spalle robuste...».
Meg aveva ricambiato il sorriso, grata per quel momento confidenziale e non poteva fare a meno di pensare al suo tradimento con André, anche lei stava tradendo suo marito, un marito, a differenza di suo padre, fedele, premuroso e amorevole. Si dice che la mela marcia non cada mai lontano dall'albero, quindi era lei, in questo gioco al contrario, la mela marcia? Era lei che aveva nelle vene la parte peggiore di suo padre?
Questo pensiero la mortificava, si sentiva sporca... falsa... Alimentava quel sottile senso di colpa crescente, sempre più insopportabile come la nausea che le dava il pensiero di ciò che stava facendo ad Edgar, mentre le martellavano nel cervello le parole di sua madre:" gli errori si pagano sempre" e sapeva che prima o poi sarebbe arrivato il suo conto da saldare.

Cap. XV
Pregiudizi e malintesi

Era tornata la calma nella dimora dei Campbell. Tutto era ripreso come al solito e la servitù aveva archiviato lo spiacevole incidente, tenendolo bene a mente come monito per il futuro.
In quella soleggiata mattina, le ragazze erano in giardino impegnate una a ricamare e l'altra a leggere.
Lady Clarice era apparsa, insolitamente silenziosa, con una piccola valigia in una mano:
«Scusate, ragazze, vado a far visita a mia sorella Costance... starò via qualche giorno... per qualsiasi cosa abbiate bisogno c'è Matilde o Dawson, penseranno a tutto loro in mia assenza...»
«Mi sembra un'ottima idea, mamma... ti farà bene... saluta zia Costance per me...» aveva approvato Margaret prima di Elisabeth:
«Sono d'accordo... vedere persone diverse e allontanarti da tutto questo, ti aiuterà... porta anche i miei saluti a zia Constance... fai buon viaggio...».
Dopo un abbraccio alle figlie, Lady Clarice, aveva attraversato il cortile per raggiungere la carrozza, ma presa da un improvviso ricordo, era tornata indietro da Margaret:
«Che sbadata sono... ho la testa altrove in questi giorni... me ne stavo quasi dimenticando... questo deve essere tuo...» le aveva detto estraendo il fermaglio d'argento dalla borsetta.
Margaret, molto sorpresa aveva chiesto spiegazioni:
«Perché ce l'hai tu? L'avevo regalato a Nancy!»
«Benedetta ragazza... sei troppo buona... non dovresti

dare queste confidenze alla servitù... poi finisce come abbiamo visto! Credevo l'avesse rubato...»
«Mamma! E tu sei accecata dal tuo rancore e dai tuoi pregiudizi...» aveva fatto notare Meg riprendendosi il fermaglio.
Con indifferenza e una smorfia di disapprovazione, scrollando le spalle, in cammino verso la carrozza, la baronessa aveva replicato ad alta voce:
«Ormai è fatta! Molto meglio che sia fuori da questa casa... non voglio più sentire il suo nome! Buona giornata ragazze...».
Quel pomeriggio, sulla collina, davanti all'umile casetta a fianco alla fattoria, la madre di Nancy, osservava con apprensione dietro la finestra.
Elisabeth, vestita e acconciata elegantemente, scendeva dalla sua carrozza per dirigersi, a passo sicuro, verso la porta:
«Cos'hai combinato, ancora Nancy? Giuro che questa volta ti spedisco in Francia da tua zia Emily, forse mia sorella riuscirà a insegnarti come si sta al mondo!»
«Non ho fatto niente, mamma... non ho più niente a che fare con quella gente... davvero!» aveva piagnucolato la figlia, giustificandosi.
Elisabeth aveva bussato e la donna, prontamente, le aveva aperto, invitandola ad entrare con un inchino, cercando di nascondere il disagio:
«My lady... cosa vi porta nella mia modesta casa... c'è forse bisogno di me a palazzo? ... Entrate... prego! ...»
«Niente bambini da far nascere, per ora, Mrs. Marian... sono qui per conto di mia sorella Margaret, che ha insistito affinché promettessi di non tornare a casa senza aver compiuto la mia missione... questo è vostro! ...» aveva motivato, sfilandosi i guanti di pizzo e togliendo

dalla borsetta il gioiello avvolto in un fazzolettino con le iniziali ricamate in un angolo.
Nancy, con gli occhi lucidi e ammutolita per la meraviglia, fissava il prezioso fermaglio, posato sul tavolo poi lo sguardo della madre ancor più sorpresa:
«Credo ci sia un errore, my lady... noi non possiamo permetterci un gioiello come questo...» e rivolta verso la figlia, l'aveva interrogata:
«Tu, sai niente di questa storia?».
Prendendo coraggio e un respiro profondo, Nancy aveva spiegato:
«Giorni fa... Lady Margaret, me l'ha regalato...»
«Perché mai te l'ha regalato?».
Elisabeth, intervenendo, aveva tolto la ragazza dall'imbarazzo:
«Per ringraziarla dell'ottimo lavoro che ha sempre fatto occupandosi di lei... vuole che lo tenga tu, Nancy!» senza perdere tempo aveva estratto ancora dalla graziosa borsetta di pizzo, un altro piccolo fagotto di stoffa, aggiungendo:
«Non è tutto... mia sorella vuole offrivi questo denaro... sono seicento sterline... non accetta un rifiuto... consideratelo un risarcimento utile fino a quando Nancy non troverà un nuovo lavoro, un modo per farvi le sue scuse per l'offesa e l'umiliazione che vi sono state arrecate ingiustamente!».
Nancy non credeva a ciò che stava vedendo e Mrs. Marian, si era seduta, pallida come uno spettro, confusa da quel gesto tanto nobile e generoso e ancora incredula aveva balbettato:
«Ma... ma... una simile somma... non doveva... non so proprio cosa dire... non so come ringraziarvi...»
«C'è solo un modo per farlo... accettare questi doni e fare

felice Lady Margaret! Altrimenti chi la sente? Conoscete mia sorella, è molto generosa ma sa essere altrettanto determinata!».

Con lo stupore stampato sul viso le donne guardavano Elisabeth che con portamento regale si era rimessa i guanti, salutando con un cenno del capo:

«È stato un piacere esservi utile... io ho assolto il mio compito... vi ho già fatto perdere tempo a sufficienza... buona giornata, signore!».

Era uscita con passo deciso e sguardo fiero, lasciandole sulla soglia, in piedi, l'una di fianco all'altra, attonite.

Nancy guardava, commossa, la carrozza allontanarsi.

Nessuno, mai prima d'allora, aveva fatto un gesto così importante per aiutarla.

La sua signora aveva saputo tutta la verità, aveva rimediato per dimostrarle il suo affetto, le credeva, sapeva che non era una ladra e neppure una bugiarda e questo era il più bel regalo che potesse farle e non l'avrebbe dimenticato per il resto della vita.

Cap. XVI

Un sospetto sempre più fondato

L'assenza della baronessa Campbell aveva facilitato le uscite notturne di Margaret che puntualmente non mancava all'incontro con André.
Il giorno della partenza si avvicinava e non volevano sprecare tempo prezioso, lontani.
Si amavano appassionatamente per ore, in quel rifugio segreto, fuori dal mondo di tutti i giorni, scambiandosi le bocche di baci roventi, la pelle di carezze ardenti e i corpi sempre più indissolubili.
Si appartenevano totalmente, in quelle ore insieme, il tempo si fermava e restava solo il loro amore in cui si perdevano l'una nelle braccia dell'altro, l'una negli occhi dell'altro sempre con struggente intensità come fosse l'ultima volta, consapevoli che ormai lo sarebbe stata veramente.
André teneva Margaret stretta a sé, teneramente, assaporando ogni istante di quel sentimento immenso, per imprimersi ogni sensazione nella mente e nel cuore.
Le raccontava della sua vita, della sua famiglia e dei suoi amici.
Le descriveva la terra in cui era nato, la Provenza, nella casetta immersa in un paesaggio bucolico, circondata da distese di lavanda, fiorita da giugno ad agosto, tra ulivi e filari di vite, in un clima mite e gradevole.
Le sarebbe piaciuto vivere là, in modo semplice, proprio come erano loro.
Margaret ascoltava ogni parola, affascinata, attratta da quei luoghi che avrebbe adorato, esattamente quanto adorava lui.

Sarebbe stato un altro angolo di Paradiso in cui vivere insieme...

Sognavano insieme, immaginavano insieme, speravano insieme che il destino decidesse di benedire la loro unione, ma per ora restava solo un desiderio impossibile, una meravigliosa utopia...

Si era fatto molto tardi e André, davanti al grande scoglio, baciava Margaret con tutta la passione e l'amore di cui era capace, per rubare il sapore delle sue labbra da portare con sé e per lasciarle un dolce ricordo fino al prossimo incontro.

Avvolti dal buio oltre che dagli abbracci, troppo presi da loro stessi, non sospettavano che poco lontano, nell'ombra, fra la fitta boscaglia, altri occhi indiscreti li spiavano, curiosi e maligni.

Ignari delle conseguenze derivate dalla cattiveria del loro losco spettatore, si scambiavano provocanti effusioni amorose, fornendo succulenti, piccanti particolari da spifferare a colui che ne sarebbe stato deliziato venendone a conoscenza.

Quell'inaspettato, peccaminoso spettacolo, si presentava come un'occasione d'oro per accattivarsi le grazie del suo padrone e guadagnare favori e ricompense.

Questa bieca figura osservava avido di carpire ogni dettaglio, decisa a far fruttare al massimo quello scandaloso segreto.

Al ritorno dal suo breve viaggio, Lady Clarice, aveva ripreso la sua routine quotidiana, cercando di tenersi impegnata, con Matilde, ad organizzare la cena per Edgar e poi il ricevimento per il ballo di mezz'estate.

Margaret ed Elisabeth avevano ormai messo a punto ogni particolare per questo atteso evento, da qualche giorno, però, Beth, sempre attenta osservatrice, aveva notato che

la sorella era piuttosto svogliata, stanca e senza appetito:
«Ti senti bene? Sei pallida... non hai mangiato quasi nulla...»
«Credo di essermi messa a dura prova in questo periodo... troppa tensione emotiva e fisica... poche ore di sonno... il pensiero costante della partenza di André... il senso di colpa verso Edgar... mi stanno logorando...la mattina poi... è il momento peggiore...» aveva ammesso con le lacrime pronte a sgorgare.
Elisabeth ascoltava sospettosa, mentre terribili dubbi, si facevano strada nella sua mente, alimentati dai dettagli di Margaret:
«Di sicuro non ti sei risparmiata! Hai vissuto più intensamente in questi due mesi che in quasi tutta la tua vita! ... Devi riposare di più... bevi un po' di tè, cara, ti metterà a posto lo stomaco...».
Sorseggiando lentamente dalla tazza, si era poi alzata da tavola esausta:
«Scusa, Beth... vado a sdraiarmi un momento, voglio essere presentabile per la cena di stasera... il solo pensiero mi fa star male...stare lì, davanti ad Edgar e ai suoi genitori... non riesco a pensarci...» aveva sospirato trattenendo le lacrime.
«Giusto... ti gioverà dormire... salgo a svegliarti in tempo per la cena...».
Elisabeth era seriamente preoccupata, i sintomi c'erano tutti: la nausea, il mal di stomaco, l'evidente repulsione alla vista del cibo, l'eccessiva emotività...
Non voleva dare ascolto al suo pessimismo e di certo non era un medico, poteva trattarsi anche di qualche malanno passeggero, ma era una donna, con più esperienza della sorella, certe cose le sapeva, le intuiva e il suo sesto senso non l'aveva mai tradita, avrebbe tenuto d'occhio la

situazione con ancora maggior attenzione, scongiurando che i suoi sospetti non fossero confermati.

Come sempre, Lady Clarice, aveva organizzato una cena impeccabile, si era scusata subito con gli ospiti per la mancata presenza del marito, adducendo la scusa concordata il giorno, da dimenticare, in cui l'aveva colto in flagrante.

Edgar, da vero gentiluomo quale era, si era presentato a casa con un enorme, splendido mazzo di fiori per la suocera e un raffinato filo d'oro e rubini per sua moglie, sempre più divorata dal senso di colpa.

Non si era dimenticato neppure di Elisabeth, le era grato per la sua costante presenza accanto a Margaret, nei suoi lunghi periodi lontano per lavoro, le era riconoscente e quella spilla, con smeraldi finemente incastonati su una foglia d'oro, era il regalo perfetto per dimostrarglielo.

Si intonava a meraviglia col colore dei suoi occhi e la scelta accurata del gioiello e il saper incontrare i suoi gusti, erano tutti segnali di un inconsapevole inespresso interesse che denotava quanto la conoscesse bene e quanto fosse attento a ciò che la riguardava.

A differenza del solito, la cena si era consumata in un clima di affettuoso calore, Lady Clarice, era stata gradevole, affabile, conversando di argomenti interessanti quali gli enti benefici a cui destinare le prossime raccolte fondi, le ultime sue appassionanti letture, gli spettacoli teatrali ai quali intendeva assistere, coinvolgendo Lady Ingrid, piacevolmente colpita e disposta a partecipare.

Aveva mostrato un altro aspetto inedito del suo sfaccettato carattere, si era aperta amichevolmente, raccontando della sua visita alla sorella, evocando ricordi d'infanzia e di gioventù con aneddoti spiritosi, aveva

parlato di giardinaggio, delle sue piante preferite e di come intendesse allestire il giardino la primavera seguente con nuove specie consigliate dal suo fioraio di fiducia...
Era una persona nuova, diversa e tutti convenivano che l'assenza del barone Campbell le aveva fatto bene, finalmente avevano conosciuto la parte migliore di Lady Clarice.
Margaret non aveva quasi toccato cibo, era stata sempre vicina a suo marito, in modo affettuoso, ma con evidente disagio.
Guardava Elisabeth, bella, elegante, a suo agio in quell'ambiente e con i genitori di Edgar, conversava disinvolta senza mostrare imbarazzo o difficoltà, teneva sempre il comportamento adeguato in ogni circostanza dettata dal loro rango, sarebbe stata la moglie ideale per Edgar che stava volentieri in sua compagnia mostrando un certo feeling tra loro.
Beth era la donna giusta per lui, ma la moglie era Margaret, questa era l'amara realtà e non poteva fare a meno di pensare che da lì a poco si sarebbero trovati soli, nello stesso letto.
Cercava di apparire tranquilla ma questo aspetto del loro matrimonio la agitava molto soprattutto ora che si era innamorata di André e che aveva perso la verginità con lui, non riusciva neppure ad immaginare di concedersi ad un altro uomo, anche se suo marito, diverso dal suo amato bel marinaio.
Nonostante l'atmosfera di accogliente serenità famigliare che si era creata in salotto, e nessuno, questa volta, l'avesse criticata o messa sotto esame, Margaret, sentiva il senso di nausea prendergli la bocca dello stomaco, aumentare senza placarsi.

A tarda serata, i coniugi Linderberg, avevano lasciato la casa del figlio, ringraziando per la apprezzata ospitalità e salutando tutti con affetto.

Mr. Dawson, maggiordomo sempre efficiente, aveva accompagnato all'uscita gli ospiti dopo aver consegnato loro, con la massima professionalità, i soprabiti.

Lady Clarice si era ritirata nelle sue stanze, come Elisabeth, sistemata nella stanza degli ospiti adiacente a quella della sorella.

Con Margaret per mano, Edgar era salito in camera, per mettersi in libertà, dopo la piacevole serata.

In veste da camera, era uscito sulla soglia della veranda per prendere una boccata d'aria, stranamente inquieto.

Nel cielo stellato, la luna si specchiava sul mare, intorno il silenzio.

Tutto era tranquillo, sospeso, come in attesa di qualcosa, avvertiva una strana sensazione, indefinita, sentiva la fresca brezza sul viso che, con la sua carezza leggera, l'aiutava a rilassarsi.

Preso dai suoi pensieri e da questa sensazione, non si era accorto di Margaret, ancora chiusa in bagno e preoccupato aveva bussato alla porta:

«Va tutto bene, Meg?... Ti senti bene?».

Dopo qualche istante, era apparsa sulla soglia, pallidissima, sudata e indebolita:

«Per niente... avrò mangiato qualcosa che mi ha fatto male... sono giorni che ho lo stomaco sottosopra...» gli aveva risposto appoggiandosi al mobile della specchiera.

«Vieni a sederti, vuoi che chiami tua madre o Elisabeth?... Cosa posso fare?».

Sorreggendola, l'aveva accompagnata sul divanetto, le aveva sistemato un grosso cuscino dietro la schiena, un altro sotto le gambe e con un fazzoletto umido le rinfrescava la fronte, madida di sudore, per farla riprendere.

«Va meglio... grazie... non disturbare nessuno, è tardi, non voglio allarmarle... passerà...».

Margaret, da lì, guardava oltre la finestra socchiusa, vedeva il mare, sentiva l'aria frizzante sul viso, pensava al suo angolo di felicità, pensava ad André...

Quanto avrebbe voluto addormentarsi fra le sue braccia, lasciando passare quell'insistente dolore di stomaco.

Edgar si era seduto accanto a lei, prendendole la mano, ansioso:

«Sai che tengo a te... vorrei fare di più... vuoi qualcosa di caldo da bere? Posso scendere in cucina e vedere cosa riesco a combinare! ...»

«Sei gentile... ma non riesco proprio ad immaginarti alle prese con fuochi e pentole... va bene anche dell'acqua...» aveva confessato con un sorriso.

In quel frangente, nulla aveva dell'impostato conte e ricambiando con dolcezza il sorriso, l'aveva aiutata a mettersi a letto per poi ubbidire alla sua richiesta:

«Almeno sono riuscito a farti sorridere... scendo subito... tu non muoverti da lì...» ed era uscito dalla stanza.

In punta di piedi, ancora sveglia, Elisabeth, era sbucata da dietro la porta, in apprensione per gli strani rumori:

«Cosa succede, cara, ho sentito del movimento... dov'è Edgar?» aveva chiesto, sempre più sospettosa sedendosi al lato del letto accanto a Margaret:

«È sceso in cucina... a prendere dell'acqua... non posso pretendere che mi prepari un tè... Non mi sento bene per niente...»

«Quell'uomo è un santo... tu resta a letto... vado a vedere se ha bisogno d'aiuto...».

Edgar armeggiava, senza successo, intenzionato a

preparare quel famoso tè per Margaret.
Si era fermata un momento a guardarlo.
Era così diverso dalla sua immagine di uomo razionale e sempre perfetto...
Sotto la luce calda delle lampade, vedeva solo ora quella parte umana, fragile, che non mostrava mai.
Era bello, affascinante, con tutte le qualità che una donna poteva desiderare, ma... a cosa stava pensando? Era sposato con sua sorella, una sorella che adorava e mai avrebbe voluto tradire o ferire e che aveva bisogno di lei, ora più di prima.
Schiarendosi la voce, piano, per non fare troppo rumore e non farlo trasalire dallo spavento, era entrata in cucina, legandosi la vestaglia ancor più stretta intorno alla vita in segno di pudore:
«Scusa se mi intrometto ma... ho sentito dei rumori... ero preoccupata... Lascia fare a me...».
Nel grande camino a parete, le braci erano ancora accese, quasi esaurite, Elisabeth, si destreggiava sicura, aveva messo a bollire un pentolino pieno d'acqua, disposto su un vassoio la teiera, una tazza, lo zucchero e qualche fettina di limone.
Edgar la seguiva con lo sguardo in quei gesti di quotidianità domestica, si muoveva con sicurezza ma con altrettanta femminilità e grazia... Era sensuale... Solo ora la vedeva davvero, quella luce soffusa dai bagliori dorati, le donava molto e i suoi occhi brillavano come splendidi smeraldi:
«Grazie, Elisabeth... mi hai salvato da un disastro certo!»
«Immagino... un uomo d'affari tutto d'un pezzo, alle prese con un tè... non oso pensarci...ardua impresa!» gli aveva sorriso ironica e insieme avevano riso ancora, tranquilli.

In quel clima di amichevole famigliarità, d'impulso aveva sentito la necessità di confidarle i suoi pensieri più intimi: «Non so... Liz...» non l'aveva mai chiamata così e piacevolmente sorpresa, si era seduta vicino a lui, su un lato del grande tavolo di legno, interessata, per ascoltarlo: «Cosa ti tormenta, Edgar?...».
Lasciando cadere tutte le difese, stanco di combattere contro i mulini a vento, si era sfogato:
«Ho fatto un grosso errore ad accettare questo matrimonio... tra noi non funziona... non ci si deve sposare se non ci sono sentimenti... tu lo sai... amavi profondamente Adam e lui amava te... siamo così diversi... lontani... ci vogliamo bene ma... non ci amiamo... è difficile sostenere questa situazione... molto più complicato di quanto immaginassi...sento che Margaret non è felice.... è frustante...».
Elisabeth capiva perfettamente il suo stato d'animo, era tale e quale a quello di Margaret e vedendolo così avvilito, cercava di confortarlo:
«Non devi colpevolizzarti, non è colpa tua se non vi siete innamorati... sono cose che accadono... non si decidono a tavolino... tu sei un uomo meraviglioso, il marito che tante donne sognano ma... il matrimonio dovrebbe essere una scelta e non un'imposizione... Meg era una bambina...» quelle parole lo facevano star bene ma non erano la soluzione al problema:
«Parli come mia madre...»
«Donna saggia!» aveva sottolineato Beth guardandolo negli occhi.
Edgar gli aveva preso le mani e aveva continuato con ansia:
«Sono seriamente preoccupato per la sua salute... temo che tutta questa pressione su di lei le abbia provocato un

esaurimento nervoso...»
«Sono preoccupata anch'io... domani faremo venire il medico... affronteremo una cosa alla volta... ora portiamo il tè a Margaret...»
«Grazie, Liz... sei una persona stupenda e... un'amica preziosa...» le aveva sorriso, grato che fosse lì, ad ascoltarlo.

Elisabeth non aveva più dubbi, ormai il quadro era completo, sapeva che presto le cose sarebbero venute alla luce e, conoscendo i retroscena, era certa dello sconvolgimento causato dalla notizia, di gran lunga molto peggio di un esaurimento nervoso.

Entrati silenziosamente in camera, avevano trovato Margaret addormentata.

Sempre piano, piano, per non svegliarla, Elisabeth aveva messo il vassoio sullo spazioso comodino di rovere, ma il sonno agitato e leggero, l'aveva fatta sobbalzare:
«Ah, Beth? ... sei tu... mi ero appisolata...»
«Non volevo svegliarti... stai tranquilla... ti ho portato il tè... bevilo finché è caldo...» anche Edgar si era avvicinato:
«Ti senti meglio? ...»
«Sì... molto meglio... grazie... mi assistete e mi vegliate come si fa con una vecchia malata... confesso che mi imbarazza un po'...» aveva ammesso Margaret con un sorriso accennato mentre sorbiva la bevanda calda, riacquistando gradatamente il colorito sulle guance.

Edgar ed Elisabeth stavano seduti ai lati del letto, intorno a lei, sollevati nel vedere che si stava riprendendo:
«Non dire sciocchezze... sai che ti vogliamo bene e ci preoccupiamo per te... credo sia il caso di far venire il dottor Fernsby, domani... per stare più tranquilli...»
«Concordo, me ne occuperò io, domattina... adesso devi

riposare... buona notte...» e si era alzato, per lasciarla sdraiare comodamente, posandole un lieve bacio sulla fronte.

Margaret aveva annuito, riadagiandosi sotto le coperte: «Grazie, Beth... mi dispiace, vi ho tenuti svegli quasi tutta la notte... siete stati molto carini... grazie... ora avete bisogno anche voi di andare a dormire... buona notte...».

Davanti alla porta della stanza di Elisabeth, Edgar, riluttante a separarsi da lei, voleva ringraziarla e d'impulso le aveva preso la mano, quasi per trattenerla: «Mi sei stata di grande aiuto... non so proprio cosa avrei combinato se non fossi venuta in mio soccorso... sono davvero un disastro...».

Si guardavano intensamente negli occhi, con una punta di aspettativa mai provata, che incuriosiva uno, ed emozionava l'altra, in quell'istante tutto era apparso nuovo, diverso ed Edgar, con la mano libera le aveva sfiorato una guancia, non aveva trattenuto una dolce carezza sul bellissimo viso che gli pareva di aver scoperto solo in quel momento e gli esprimeva tutta la sua femminilità e la tenerezza del suo carattere:

«Non si può essere bravi in tutto... diciamo che hai altre qualità... non ringraziarmi... è stato un piacere, puoi chiamarmi ogni volta che dovrai preparare un tè...» aveva scherzato per nascondere l'emozione di quel contatto e con la stessa emozione, Edgar si era portato la sua manina alla bocca per baciarla:

«lo farò, sicuramente... buona notte, Liz...» gli piaceva chiamarla così...

Si era chiusa la porta alle spalle, turbata per quel bacio inaspettato, confusa dalla nuova sensazione provata in sua presenza e che si ripeteva e le attraversava tutto il corpo quando era così vicina ad Edgar.

Non lo aveva mai considerato come corteggiatore, ma adesso, le parole di Meg, in quella strana conversazione, avevano un senso.

Forse, la sua sorellina, aveva intuito qualcosa che nemmeno lei stessa vedeva o aveva mai osato pensare, era una bella emozione, non ricordava da quanto tempo non si era sentita in quel modo, ma non poteva perdersi in queste romantiche fantasie, domani sarebbe stata una giornata impegnativa, per tutti, meglio dormire, per ora, Edgar era il marito di Margaret.

Sdraiato accanto a Margaret, addormentata profondamente, pensava mentre la guardava dormire come una bambina che sogna, serena.

Con un affettuoso gesto protettivo, le aveva coperto le spalle col lenzuolo e si domandava quanto le fosse costato subire la decisione di sposarsi così giovane e sopportarne tutte le conseguenze: cambiare città, integrarsi in una nuova famiglia, accettare per forza un uomo più vecchio e tanto diverso da lei, rivoluzionare la sua vita, dimenticandosi di quella che aveva vissuto prima...

Doveva essere tutto insopportabile e, probabilmente, ne soffriva al punto di ammalarsi...

Comprendeva il suo stato d'animo, non era giusto per nessuno convivere con una tale sofferenza, dopo il responso del medico, avrebbe messo fine a questa dolorosa commedia, l'avrebbe lasciata libera di vivere come e con chi voleva... Anche questa era una forma di amore...

Nel buio, poco prima di prendere sonno, la sua mente era volata ad Elisabeth, a quel bacio tanto impulsivo quanto piacevole. Gli piaceva, lo attraeva e sperava di non averla offesa o messa in imbarazzo...

L'indomani avrebbe chiarito anche questo.

Cap. XVII

Una novità sconvolgente

Il mattino seguente, Edgar, si era alzato presto per informare Lady Clarice dell'accaduto nella notte, poi si era recato in città per incontrare il dottor Fernsby che gli aveva assicurato di essere a palazzo nel tardo pomeriggio per visitare la moglie.

Terminata la colazione, Elisabeth con Margaret, passeggiava in giardino godendosi la bella giornata e tenendo sempre d'occhio la sorella che pareva stare meglio:

«Come va oggi, cara? Hai un colorito migliore, stamattina...»

«Abbastanza bene... ora... decisamente meglio!».

Camminavano nel grande parco, sui vialetti, delimitati, ai lati, da ombrosi tigli, conversando tranquillamente.

Beth non voleva nasconderle cosa era accaduto tra lei ed Edgar, la notte precedente, ma non se la sentiva di parlare di questo, adesso, poi non c'era gran che da dire, meglio conoscere, prima, i sentimenti di entrambi, prima voleva pensare solo alla salute di Meg, doveva aspettare la diagnosi del medico, poi le avrebbe detto tutto, fra loro non c'erano segreti, le voleva bene.

Quel giorno Edgar era rimasto a casa ad attendere il medico e per parlare con lui dopo la visita ed accertarsi che non ci fosse nulla preoccupante.

Puntuale come da orario concordato, la carrozza col dottore era arrivata nella tenuta dei Linderberg, fermandosi davanti all'ingresso principale.

L'anziano e fidato dottor Fernsby, ormai prossimo alla pensione, era da sempre il medico di famiglia e conosceva

Edgar dalla nascita.
Era sceso dal pedalino della carrozza, tenendo in mano la sua borsa di cuoio, aiutato da Mr. Dawson, pronto ad accoglierlo.
L'uomo, sulla settantina, aveva un aspetto molto distinto, l'abito scuro gli cadeva a pennello sul fisico asciutto e longilineo. I radi capelli grigi, gli stavano impomatati sulle tempie e dietro gli occhiali, spiccava un vispo paio di occhi azzurri sempre attenti ad analizzare ogni particolare:
«Dottor Fernsby...» aveva salutato il maggiordomo, con un cenno del capo:
«La signora la sta aspettando nella sua stanza... se vuole seguirmi, l'accompagno da lei...».
«Buona sera, Dawson... ti ringrazio...andiamo subito...».
Dalla finestra dello studio, Edgar, aveva visto l'arrivo della carrozza e si era precipitato, immediatamente all'ingresso:
«Buona sera dottor Fernsby, come state?»
«Buona sera, figliolo... non mi lamento, data l'età!» aveva risposto sorridendo:
«Mi fareste la cortesia di fermarvi nel mio studio, dopo la visita a Margaret?»
«Certamente... stai tranquillo... ci vediamo più tardi...» ed era salito, col maggiordomo, al piano di sopra.
Il tempo pareva fermo, Edgar, spazientito e in ansia, controllava l'orologio, continuando prima a toglierlo e poi a metterlo, nel taschino del gilet.
Dopo un'interminabile ora, per suo sollievo aveva sentito bussare alla porta, il medico con le mani piene di ricette, aveva accentuato la sua preoccupazione spingendolo a chiedere con trepidazione:
«Allora, ditemi, dottore... cos'ha Margaret?»

«Niente che non si possa curare con un po' di riposo e un sano stile di vita!»
«Bene, ma... di cosa si tratta?»
«L'ho trovata molto debole e piuttosto esaurita... ha bisogno di mangiare correttamente, di riposare e di evitare ogni tensione emotiva... Qui troverai tutte le indicazioni utili, per rimettersi in forza... è di fondamentale importanza, soprattutto ora... nel suo stato... non è nulla di grave... congratulazioni figliolo, avrete presto un bambino, Margaret è incinta!».
Gelato da quella notizia, Edgar si era lasciato cadere di peso sul divano, accanto all'anziano medico, frastornato da mille pensieri e altrettante domande.
Com'era possibile? Non avevano mai fatto l'amore! A meno che non ci fosse stato un improbabile intervento divino, il padre non poteva essere di certo lui!
Con la bocca secca, ancora incredulo, aveva deglutito ripetutamente per avere ulteriori conferme:
«Ne... ne siete davvero sicuro, dottore?»
«Comprendo il tuo stupore, ma... penso di saper riconoscere questo tipo di... malattia!» e con un'affettuosa pacca sulla spalla, l'aveva rassicurato: «Coraggio, dopo la sorpresa iniziale, tutto passa... sarai un magnifico padre... vedrai che ti verrà naturale... anch'io mi sentivo come te la prima volta, ma oggi ringrazio il cielo e sono entusiasta dei miei sei figli! Mi dispiace che non sarò presente alla nascita di tuo figlio... dopo tanti anni di servizio è ora che mi conceda un po' di meritato riposo ma vi lascio in ottime mani, il dottor McMurray mi sostituirà! ...».
Il Conte Edgar, attonito, sentiva le parole del medico senza capire nulla, gli giravano nella testa senza trovare una logica, solo sempre le stesse domande gli martellavano il

cervello: cos'era successo durante la sua assenza?
Chi era il padre di questo bambino?
Ci voleva altro che il tempo per abituarsi all'idea!
Doveva sapere, aveva molto di cui discutere con sua moglie, ma qualcosa lo tratteneva, era rimasto lì a fissare il vuoto oltre la finestra, mentre il rumore della carrozza che se ne andava si confondeva coi suoi pensieri, senza trovare né la forza e neppure il coraggio di andare da Margaret.
Sentiva di avere fallito come uomo e come marito, era frustrante, mai nella vita aveva conosciuto, sulla sua pelle, il significato di questo concetto, aveva sempre dato il meglio di il e aveva collezionato un successo dopo l'altro: in famiglia, negli studi e negli affari.
Non si perdonava di non aver affrontato e risolto, prima, il problema, l'aveva accantonato, sottovalutato pur essendone a conoscenza fin dall'inizio e anche se il suo non era un matrimonio d'amore, era comunque un impegno e si sentiva in egual modo tradito, deluso, arrabbiato... Forse più con se stesso che con gli effetti di tutto questo, una rabbia che non gli permetteva di razionalizzare... Di riflettere... Di calmarsi... Poteva solo incassare questo duro colpo, affrontare Margaret per fare chiarezza e avere tutte le risposte.
Quella sera, la novità si era diffusa in un batter d'occhio.
Lady Clarice, euforica al pensiero di avere presto un nipotino, non finiva di complimentarsi col genero e la figlia, felice che qualcosa di meraviglioso l'avrebbe finalmente impegnata.
A sua volta, anche Elisabeth, si era congratulata, nascondendo l'amarezza e fingendo sorpresa e gioia alla conferma dei suoi anticipati e fondati sospetti.
A tavola, Elisabeth, esaminava Edgar, indugiando con lo

sguardo su di lui per non sembrare invadente.
Leggeva nei suoi occhi un profondo disagio, anche se si sforzava di tenerlo sotto controllo. Non capiva quale fosse il suo stato d'animo, ma ne comprendeva l'agitazione, il turbamento e il tormento, lo conosceva abbastanza per sapere quanto fosse deluso e combattuto.
Margaret aveva cenato nella sua stanza, non aveva voglia di vedere tutte le persone che l'avrebbero presa d'assalto, piene di gioia, per congratularsi con lei e con suo marito.
Doveva stare sola, raccogliere le idee e trovare il coraggio di guardare in faccia Edgar e confessargli il suo tradimento.
Sapeva che avrebbe fatto mille domande e che pretendeva delle risposte, come doveva assumersi la responsabilità dei suoi comportamenti ed accettarne qualunque conseguenza.
Dopo cena, Edgar, si era chiuso, ancora, nel suo studio.
Le parole del dottor Fernsby, gli erano piombate fra capo e collo come l'affilata lama di una ghigliottina.
Era sconvolto, la sua tanto famigerata razionalità, l'aveva abbandonato, era in balia di sentimenti che non conosceva, sentiva solo un impellente bisogno di sfogare la sua collera, di prendere a pugni qualcuno... Forse quel qualcuno che si era divertito alle sue spalle con sua moglie, non si era mai sentito così fuori controllo, in preda a istinti tanto forti e questo lo spaventava.
D'altronde non poteva prendersela con chi non conosceva e soprattutto non sapeva che parte avesse Margaret in tutto questo.
Per quanto cercasse un capro espiatorio, ogni ragionamento lo portava sempre allo stesso punto, alla stessa motivazione: era tutta colpa sua, avrebbe potuto evitarlo, ma non aveva fatto niente per risolvere la

cosa da uomo maturo, spettava a lui prendere le redini della situazione, ma aveva preferito prendere tempo e aspettare e ora non c'era via d'uscita...
Era già tardi, la luna era alta nel cielo, era esausto per la pressione accumulata nella giornata e il continuo rimuginare sulle stesse cose, non si decideva a salire da Margaret, probabilmente il suo inconscio gli suggeriva che ciò che avrebbe sentito l'avrebbe ferito ancora di più e tormentato da questi conflitti, incapace di ritrovare la calma, prevedeva una lunga notte insonne.
Qualche leggero colpo alla porta, l'aveva distolto dai suoi tortuosi pensieri.
Elisabeth aveva messo la testa all'interno dell'apertura della porta per verificare in che stato fosse:
«Edgar... ci sei?... come stai... sei qui da ore...».
Lui aveva alzato il capo per guardarla, quasi sollevato:
«Liz... sei tu... entra... siediti accanto a me... se devo essere sincero... non lo so...» le aveva confessato, con lo sguardo sofferente:
«Se solo avessi immaginato di arrivare a questo punto... avrei preso una decisione prima...».
Elisabeth non sopportava di vederlo così.
In parte si sentiva responsabile, aveva incoraggiato Margaret in questo gioco pericoloso e ora le persone a cui teneva di più, stavano soffrendo.
Istintivamente si era alzata per massaggiargli le spalle e aiutarlo ad allentare la tensione che l'attanagliava:
«Cerca di rilassarti... fai un bel respiro... non è colpa tua... hai fatto di tutto per far funzionare questo matrimonio... sei stato paziente, comprensivo e premuroso... non potevi fare tutto da solo... i sentimenti non si programmano... in queste cose si è sempre in due... non tormentarti...» lo rassicurava mentre continuava il suo massaggio.

I FILI DEL DESTINO

Edgar, seduto sulla poltrona, accanto allo scrittoio, ascoltava la voce rassicurante di Elisabeth, abbandonandosi al tocco delle sue mani, da una parte voleva crederle, sentirsi in pace con se stesso, ma dall'altra c'era sempre quell'insistente vocina istigatrice che diceva:" sei responsabile quanto lei!"
Le aveva preso le mani, stringendole forte nelle sue, per trovare il sostegno e la comprensione di cui aveva bisogno, ma quel contatto gli aveva acceso ben altro.
L'aveva tirata davanti a lui, voleva guardarla negli occhi mentre si sfogava, quegli occhi stupendi che riuscivano ogni volta a dargli la serenità:
«Sono stato un egoista, Liz... un presuntuoso a non capire che un matrimonio non è come trattare un affare... dovevo sapere che una ragazzina sarebbe stata infelice nel mio mondo... con me... lei non voleva questo matrimonio, non ho tenuto conto dei suoi desideri...l'ho usata come un bellissimo trofeo da mostrare in società... ero concentrato solo su di me... sul mio lavoro... sui miei successi... non ho pensato che quello che io amo, lei potesse detestarlo... per fortuna le sei stata accanto mentre ero lontano... io, al posto suo, sarei impazzito... e adesso... questo bambino... non so cosa fare...».
Lo fissava intensamente, inginocchiata fra le sue gambe, tenendogli saldamente le mani:
«So come ti senti, Edgar... hai perso il controllo della tua vita e ti disorienta ma... non c'è nulla di così grave che non si possa risolvere... benvenuto nel mondo degli umani, Conte Linderberg... tutti commettono degli errori... tu sei intelligente e sensibile, farai la cosa giusta...» sapeva sempre cosa dire e come lo diceva gli infondeva coraggio:
«Non siete voi quelli sbagliati, ma questa società che è

fondata su valori e doveri sbagliati... ho fiducia in te e so che troverai una soluzione adeguata... rispetterò la tua decisione, anche se andrete contro corrente... non è per questo che ti stimerò di meno...».
Quelle parole erano state un balsamo lenitivo sul suo tormentato cuore...
Lei era lì per lui... Lo capiva... Lo sosteneva ed era bellissima...
Per la prima volta non seguiva nessun ragionamento logico, Liz riusciva ad abbattere tutta la sua razionalità e in pochi secondi si era alzato dalla poltrona per attirarla e baciarla con passione, una passione a lui sconosciuta e mai provata, per esprimerle la sua gratitudine, per placare tutta la sua disperazione e la sua frustrazione.
Sorpresa da quell'improvviso slancio d'impeto, aveva ricambiato il bacio, dimentica di ogni senso di colpa verso Margaret, pervasa da un'ondata di sensazioni inebrianti, riscoperte e da tempo assopite.
Erano rimasti così, in quella strana e singolare dimensione, esplorata insieme.
In quei lunghi attimi, si erano abbandonati l'uno all'altra, senza pensare, guidati solo dall'istinto, studiandosi in quel bacio ardente, con carezze timide ma curiose di scoprire di più.
D'un tratto, recuperata la ragione, Edgar si era staccato da Elisabeth, imbarazzato, lasciandola senza fiato e con le gambe molli:
«Perdonami, Liz... non so cosa mi sia preso... sono sotto pressione... non avrei dovuto... abbiamo già tanti problemi...»
«È tutto a posto... non preoccuparti... adesso hai altro a cui pensare... una cosa alla volta... vai da lei... buona notte Edgar...» aveva replicato con un filo di voce per

sparire in un attimo come un bel sogno.
Si sentiva in colpa, era stato scortese definirla un problema, mortificandola e sminuendo in quel modo tutto ciò che aveva fatto per lui e cosa rappresentava, non si riconosceva più, cosa gli stava succedendo? ...
Ancora una volta, Elisabeth, aveva compreso cosa aveva dentro, i suoi pensieri, la complicata situazione da risolvere...
Le loro menti erano in sintonia... Sarebbe stato facile innamorarsi di lei...di Liz...
Adesso, però doveva vedere Margaret.
Entrato nell'anticamera, Margaret lo aspettava davanti alla grande vetrata della veranda, persa nei suoi pensieri, immensi come il mare che le stava davanti.
Il rumore della porta l'aveva riportata in quella umiliante realtà tanto difficile da affrontare.
Teneva lo sguardo fisso su Edgar, immobile, al centro della stanza, pallida e ansiosa come in attesa di una condanna.
Facendo appello a tutta la calma possibile, aveva ricambiato lo sguardo, con cipiglio accusatorio per poi camminare, nervosamente, su e giù per la stanza, provando a scegliere le parole dopo un lungo silenzio:
«Perché, Margaret? ... Perché? ... Dove ho sbagliato? ...» era esploso con la voce soffocata da un nodo in gola.
Non lo aveva mai visto così succube delle emozioni, lottava fra istinto e buone maniere, cercava le ragioni, le risposte, sapeva di essere la causa del suo dolore, del suo tormento:
«Non hai sbagliato niente... tu sei stato sempre perfetto... è colpa mia... sono stata un'incosciente... un'ingrata... mi sono lasciata travolgere da questa storia... capisco se mi odi e se vorrai cacciarmi di casa... hai mille ragioni...»

spiegava singhiozzando, fra le lacrime.
Edgar vedeva la sua fragilità, le sue paure, l'incertezza del futuro traspariva dai suoi occhi scavati e stanchi.
Caldi lacrimoni le scendevano copiosi sulle guance e le cadevano in grembo, sulla vestaglia, bagnando il sottile tessuto ricamato.
Vedeva la sua angoscia, il pianto la soffocava, impedendole di parlare., scossa dai singhiozzi.
Nonostante tutto le faceva tenerezza, le voleva bene, era sua moglie e ripensando alle parole del medico, le si era avvicinato per sederle accanto e col fazzoletto che teneva nel taschino, le sciugava il viso, cercando di calmarla:
«Ora calmati... non ti fa bene agitarti così... ho anch'io la mia parte di colpa... avrei solo voluto che me ne avessi parlato... che mi avessi detto come ti sentivi... forse avremmo evitato questo pasticcio...».
Margaret inspirava profondamente per riprendere il controllo delle sue emozioni in tempesta:
«Farò tutto ciò che vuoi... tu meriti una donna che ti ami sinceramente...».
Lui aveva già una mezza idea che prendeva sempre più corpo nella sua mente, ma accantonando il pensiero di quel bacio a Elisabeth, l'aveva rassicurata:
«Non andrai da nessuna parte... mi prendo del tempo per riflettere e trovare un soluzione... almeno fino al giorno del ballo...» si era alzato ancora, per continuare la sua isterica passeggiata nella stanza e con una punta di autolesionismo le aveva domandato:
«Tu lo ami?» era rimasta senza fiato, incapace di fare uscire alcun suono dalla sua bocca e aveva ripreso a piangere con sguardo supplichevole, cercando il perdono negli occhi del marito.
Edgar ferito nell'orgoglio aveva concluso:

«Direi che è tutto chiaro... non servono parole... lui, ora dov'è?... gli dirai che aspetti un figlio suo?...».
Straziata dal dispiacere di dover dare quelle risposte a colui che ora aveva in mano le sorti del suo destino, senza potergli evitare sofferenza, si asciugava gli occhi rossi e gonfi, rispondendo sinceramente:
«In città... tra pochi giorni ripartirà... tornerà in Francia... credo non ci sia modo di farglielo sapere... temo non lo rivedrò mai più...» aveva spiegato con voce incrinata dall'emozione
«Un marinaio, dunque! Come hai potuto essere così ingenua, Margaret? È risaputa la loro reputazione... pensano solo a divertirsi!» aveva sbottato, fermo davanti a lei, con compassionevole ironia.
Meg, non accettava che si sparlasse di André, lui l'amava e nessuno doveva denigrarlo in quel modo:
«Lui è diverso... non è come si dice, è un bravo ragazzo... mi ama... è sincero...»
«Certo! Ti ama così tanto da darsela a gambe!» Aveva sottolineato ridendo forzatamente, con rabbia e risentimento.
Margaret non sopportava di sentire quelle dure e ingiuste parole, sapeva quanto fosse forte e profondo il loro sentimento e disperata, riusciva solo a piangere ininterrottamente ma capiva lo stato d'animo di Edgar, si sentiva tradito, ingannato, deluso, amareggiato e per lui, uomo d'onore che aveva fatto del rispetto e della rettitudine il suo vessillo di vita, era uno schiaffo morale troppo violento che bruciava come sale su una ferita aperta.
Era il fallimento più grande, se non l'unico e per la prima volta non controllava la battaglia emotiva che si animava dentro il suo essere, non trovava la lucidità per ragionare

e agire.
Consapevole di avere esagerato, aveva riacquistato, a fatica, l'autocontrollo, si era passato nervosamente le mani tra i capelli, scusandosi:
«Perdonami, Margaret... sono stato offensivo... sono molto nervoso... questa giornata è stata davvero pesante per entrambi... non è facile neanche per te... tu dovresti riposare e... io ho bisogno di stare un po' solo per calmarmi... buona notte...» e aveva lasciato la stanza, a passo deciso, diretto verso il salotto dell'ultimo piano, bere qualcosa di forte l'avrebbe aiutato a rilassarsi e a prendere quella decisione tanto sofferta che avrebbe dato un corso diverso alla sua vita.

Cap. XVIII

Uno sporco ricatto

Oggi: 15 agosto 1860

Quella stessa notte, fuori città, nei pressi di un vecchio mulino abbandonato, André, insieme a Marcel, si era nascosto dietro a una parete semidiroccata del fatiscente edificio.
Aspettava ansioso che comparisse l'autore del messaggio consegnatogli alla locanda da un ragazzino.
Teneva ancora fra le mani il misterioso pezzetto di carta, rileggendo più volte ciò che conteneva: "vieni questa notte, alle 1,30, al mulino abbandonato, dobbiamo risolvere una faccenda importante".
Non immaginava chi avesse voluto dargli appuntamento in quel luogo desolato, ma i presupposti non lasciavano intendere nulla di buono.
Messo in allerta dal suo sesto senso, André si era fatto accompagnare da Marcel per avere oltre che un supporto morale e farsi coraggio, anche un testimone, in caso la situazione prendesse risvolti inaspettati.
Mentre cominciavano a credere si trattasse solo di uno scherzo di cattivo gusto, i due ragazzi, avevano visto comparire, dal buio, la corpulenta sagoma di un uomo, vestito in modo elegante e avvicinarsi con aria severa.
Scambiandosi un rapido sguardo per capire se uno di loro conoscesse quella persona, attendevano curiosi di sapere cosa volesse quello strano, ricco individuo.
«Buona sera, signori... sono il Barone Arthur Campbell, padre della Contessa Margaret...».
Il gelo era calato in quella già sinistra costruzione,

confermando i presentimenti negativi avuti e con un'occhiata interrogativa, l'anziano barone, aveva proseguito:
«Chi di voi è André Moreau?».
André aveva fatto un passo avanti:
«Sono io, signore!»
«Molto bene... vengo subito al punto, giovanotto... so da fonti certe, che da tempo vi... diciamo così... intrattenete... piuttosto intimamente e segretamente con mia figlia...»
«Non mi "intrattengo", signore... io l'amo!» l'aveva interrotto André, offeso da quell'espressione irrispettosa.
Con un sorriso sarcastico, Lord Campbell, si era beffato di lui:
«Ovviamente... ne sono certo! E sapete anche che amate una donna sposata?».
Marcel tratteneva André, per un braccio, sempre più alterato, per riportarlo alla calma che digrignando i denti, a pugni stretti aveva risposto:
«Certamente!».
Sir Arthur, ancor più minaccioso, aveva dato inizio alla sua richiesta:
«Benissimo! Ora vi dico cosa farete: lascerete questa città senza cercare più di Margaret.... Mia figlia ha un marito importante, fa una vita agiata, è rispettata, è servita e riverita, non le manca nulla ed è felice nel suo mondo che è molto lontano dal vostro... esigo che tronchiate subito questa assurda relazione... tornate da dove siete venuto e andrà tutto bene!».
André era furioso ma sapeva che la sua ira non avrebbe migliorato o cambiato le cose e con aria di sfida aveva affermato:
«Se fosse stata davvero felice, non avrebbe cercato me...

non credete?... signore? Io l'amo veramente e potrei darle l'amore che non ha...» ancora una volta, il barone, aveva riso con scherno:
«Immagino... voi giovani, sempre con la testa piena di sogni e ... ditemi... cosa mettereste sulla tavola, per sfamare la vostra famiglia, l'amore?... Parliamoci chiaro, ragazzo, che vita potreste offrire a mia figlia, non credete che meriti di meglio?... Fate la cosa giusta per tutti... dimenticate questa avventura e nessuno si farà male...».
André aveva inteso chiaramente il tono di quella velata minaccia che non accettava:
«Giusta per Margaret o giusta per voi, signore?» e aveva rimarcato quel "signore" con avversione.
Lord Campbell, al limite della pazienza, era passato ai suoi noti metodi di persuasione:
«So che vostra madre è malata e... le cure sono costose, partite senza fare storie e avrete subito duemila sterline... vi farebbero comodo!»
«Non voglio i vostri soldi, Sir Arthur... non sono in vendita!»
«Questo vi fa onore... preferite che vi denunci per stupro ai danni di mia figlia? Sarebbe la mia parola contro la vostra... credete che potreste cavarvela? Siate ragionevole... volete davvero rovinarvi la vita per un'avventura estiva?».
Messo con le spalle al muro, André, sapeva di non avere scelta.
Usando la ricchezza e il potere della sua posizione sociale, il padre di Margaret, avrebbe corrotto e manipolato tutti e tutto fino ad ottenere ciò che voleva.
Doveva arrendersi all'evidenza:
«D'accordo... non sono in cerca di guai...» aveva ammesso, sconfitto:

«Ho solo una richiesta da farvi... voglio vederla ancora una volta... non posso lasciarla così... avete la mia parola che questo nostro incontro resterà segreto...».
Soddisfatto come un gatto che ha appena mangiato un topo, il barone aveva sorriso compiaciuto di se stesso: «Bravo giovanotto, visto? Non è stato difficile! ... Mi sembra sensato... posso concedervelo... lascerò che la vediate... molto bene, è tutto... vi ho rubato anche troppo tempo... buona notte, signori!» Aveva esclamato, congedandosi, mentre si allontanava.
D'un tratto, si era voltato ancora verso i giovani, sghignazzando sarcasticamente e tirata fuori dal soprabito una piccola bisaccia di stoffa, con un gesto plateale l'aveva gettata ai loro piedi, esclamando con disprezzo:
«Questi sono vostri... per il disturbo e non dite, poi, che non sono generoso!» Accompagnato dall'eco della sua beffarda risata, era sparito nel buio, sulla carrozza, dove l'aspettava la sua fidata spia, oggi, per quell'essere spregevole era stata una giornata di proficue coincidenze che l'avevano messo al corrente di un altro appetibile e vantaggioso segreto: la gravidanza di Margaret. Prontamente aveva riferito tutto al suo padrone che aveva accuratamente evitato di informare il futuro padre, temendo il rischio della sua mancata partenza.
Questo erede era una garanzia sicura per restare attaccato, come un parassita, alla prestigiosa e ricca famiglia Linderberg e non voleva sprecare il vantaggio ottenuto per non compromettere la riuscita del suo maligno, contorto piano.
Era salito sulla carrozza, sedendosi pesantemente sul sedile, con l'affanno e tronfio delle sue azioni, si era rivolto al suo tirapiedi, bisbigliando:

«Tutto risolto... non ci daranno più fastidio...» aveva poi estratto dalla tasca interna del soprabito, un altro piccolo fagotto per consegnare la lauta ricompensa:
«Ecco qua, Smith... per i tuoi servigi...» e con tre colpi di bastone, sul tettuccio della carrozza, aveva ordinato al cocchiere:
«Possiamo andare, Richard...».
Il rumore degli zoccoli e delle ruote, si attenuava, allontanandosi verso la collina, in quella notte scura di segreti, di ricatti e di bugie.
Marcel e André erano tornati alla locanda senza dire una parola, disgustati da quell'uomo tanto infimo e dai suoi sporchi intrighi.
André cercava di sbollire la rabbia e Marcel lo osservava con la coda dell'occhio, dandogli il tempo di cui aveva bisogno per digerire l'accaduto.
Entrati nella loro stanza, si erano buttati sul letto, stanchi come dopo una dura giornata di lavoro.
A torso nudo, André, fissava l'oscurità, oltre la finestra, amareggiato:
«Ora capisci perché ogni sera scappava da quella casa per venire da me?» aveva chiesto con voce rotta dalla rabbia oltre che dall'emozione:
«Te lo giuro, Marcel...un giorno la porterò via da quell'inferno e... da quelle ipocrite sanguisughe... nessuno deve farle del male... nessuno...».
Marcel ascoltava il suo sfogo, sentiva la sua frustrazione, il suo dolore e la sua disperazione, era impotente di fronte a tutto ciò che stavano vivendo, ne soffriva, non poteva fare altro che stargli vicino, essere il vero amico di cui aveva bisogno:
«Già... da non credere... lo so, vecchio mio... lo so e... faremo in modo che accada il prima possibile... mi chiedo

come possa un padre essere così infame... mi vengono i brividi... cerchiamo di dormire adesso... ci aiuterà a ragionare meglio, domani...».

Ancora teso, si era girato di schiena come per rifugiarsi in se stesso:
«Per questo voglio portarla via da quella gente falsa e... da tutti quei ricchi che comprano la giustizia... l'onestà... la fedeltà o... l'amore... ecco cosa merita, la mia Margaret... di stare più lontana possibile da quel mondo spregevole...».

Marcel ascoltava, senza replicare, con un nodo in gola:
«Giusto... sono con te... cerca di dormire... è tardi...» e dopo un breve silenzio:
«Ci proverò... grazie, amico... buona notte...»
«Buona notte...».

Cap. XIX
Si gioca a carte scoperte

20 agosto 1860

Dopo giorni estenuanti di preparativi per Lady Clarice e per la servitù, il tanto atteso giorno del ballo, era arrivato. La Baronessa aveva superato ogni aspettativa, forte anche dall'entusiasmo e dell'energia derivati dalla bella notizia dell'arrivo di un nipotino.

Il palazzo era stato pulito e lucidato in ogni suo angolo. Composizioni floreali bianche e dai toni del rosso, ornavano le scale e il portico all'ingresso fino alla grande scalinata del salone centrale, perfettamente in armonia col cremisi dei tendoni.

L'imponente tavola ovale era elegantemente apparecchiata con tovaglia e tovaglioli di prezioso tessuto di damasco, finemente ricamato con piccole rose rosse.

Le porcellane, i bicchieri di cristallo e le posate d'argento, troneggiavano come fastosi trofei, davanti al posto di ogni commensale.

I piccoli centrotavola conferivano un raffinato tocco di eleganza e le candele accese, in lussuosi candelabri e posizionati, con gusto, ovunque, davano alla stanza un'atmosfera di accogliente calore.

I camerieri, rigorosamente in livrea, attendevano impeccabili, in fila come tanti soldatini, gli ordini della padrona di casa.

In fondo al salone, un quartetto di violini, suonava gradevoli melodie di sottofondo mentre Dawson, maggiordomo di ineguagliabile professionalità, accoglieva e presentava gli ospiti al loro ingresso.

Lady Clarice, molto soddisfatta del lavoro eseguito, si godeva gli innumerevoli elogi, mentre salutava gli invitati.

Anche il Duca e la Duchessa Linderberg, si erano presentati, un po' in anticipo, al ricevimento e dopo i consueti convenevoli di protocollo, Lady Ingrid, nel suo elegantissimo abito color prugna e avorio, con rapido sguardo panoramico sull'ampio salone e sulle zone limitrofe, aveva notato sia l'assenza di suo figlio che quella di Margaret.

L'aveva trovato alquanto insolito, considerata l'occasione del ballo in cui gli sposi avrebbero dato la notizia ufficiale del lieto evento, cosa che richiedeva la loro presenza durante tutta la serata.

Acuta e discreta, guidata dal suo istinto materno, aveva chiesto a Dawson dove potesse trovare Edgar, era il caso di verificare cosa bolliva in pentola.

Aveva bussato più volte alla porta dello studio dove il figlio se ne stava a pensare e ripensare dalla sera prima, in disparte, a fissare il vuoto oltre la finestra.

Le era bastata una breve occhiata per confermare le sue intuizioni.

Quello non era, certo, il quadretto famigliare che ci si aspetta di trovare immaginando la gioia di una coppia alla nascita del primo figlio.

Si era avvicinata lentamente, osservandolo:

«Edgar... sei lontano mille miglia... cosa fai nascosto qui come un ragno nel suo buco?»

«Scusa, mamma... non ti ho sentita entrare...».

La Duchessa aveva versato due dita di whisky in un bicchiere preso dal mobile dei liquori, accanto allo scrittoio:

«Coraggio... butta giù e sputa il rospo...» l'aveva esortato,

porgendogli il bicchiere.
Edgar, sorpreso, aveva chiesto, con un mezzo sorriso, inarcando un sopracciglio:
«E... cosa ti fa pensare che ne abbia bisogno?»
«Intuito, caro... una madre sa sempre tutto... e... credo di sapere la causa delle tue preoccupazioni...» aveva affermato la donna, sedendosi, con calma, sul divanetto, consapevole della complessità e della delicatezza dell'argomento.
Il Conte Linderberg restava sempre colpito dalla perspicacia di sua madre, qualità che aveva di sicuro ereditato da lei, aveva ingollato il whisky e dopo una lunga pausa, aveva confessato i suoi tormenti:
«Margaret, mamma... non sono io il padre del bambino... sono giorni che mi arrovello per trovare la soluzione giusta a questa ingarbugliata situazione ma... non riesco a pensare... sento solo di avere fallito...di avere commesso l'errore più grande della mia vita... non dovevo accettare questo matrimonio e ora... guarda in che vespaio ci siamo cacciati...».
Lady Ingrid, preoccupata ma non tanto sorpresa della gravità dell'accaduto, ascoltava le parole del figlio e trovando le risposte a tutti i suoi sospetti, provava e ragionare con lui:
«Sei troppo severo con te stesso... tu pretendi troppo da te e dagli altri, sei troppo intransigente... siamo umani, caro... ci è concesso sbagliare, questa è la vita... non c'è nulla che non si possa rimediare, se si vuole... lasciati guidare dal tuo istinto, per una volta e non dalla tua implacabile razionalità...».
Edgar osservava la madre con cipiglio interrogativo:
«Da quando mantenere gli impegni presi e assumersi le proprie responsabilità sono diventati un difetto o una

colpa?»

«Non ho detto questo, anzi! Sono virtù ammirevoli, ho basato la tua educazione su questi valori e ne sono fiera ma... vedi, caro, quando non lasciano spazio a nessuna reazione emotiva, finiscono per soffocare la parte istintiva e più umana di te... lasciati andare, ascolta quello che senti e che vuoi, per una volta, decidi per te stesso, per quello che ti fa stare meglio e non per le solite convenzioni sociali o per compiacere qualcuno che ami...».

«Parli come Elisabeth, vi siete accordate? Dovreste fondare un comitato, voi due, avreste un enorme successo!» aveva commentato a bocca aperta.

La duchessa aveva sorriso:

«Ragazza intelligente... mi piace e ... penso che piaccia anche a te...».

Ancora più sorpreso e in imbarazzo, non si spiegava come sua madre riuscisse a captare tutti quei dettagli solo da un semplice sguardo o da una frase:

«E questo, adesso, cosa c'entra?»

«C'entra, caro, c'entra eccome! Non ci sono solo il bianco o il nero... ci sono tante sfumature interessanti fra questi due colori... non devi prendere una decisione definitiva, ma transitoria, per vedere come si evolvono le cose con Margaret e per te con Elisabeth... prenditi del tempo... ormai il danno è fatto e soluzioni avventate non cambiano le cose, possono solo complicarle o nuocere a tutti... confido nel tuo buon senso... so che farai la cosa giusta... come so di averti educato bene... per questo sei in grado di trovare una soluzione idonea a limitare i danni...».

Era un sollievo vedere quanto sua madre fosse fiduciosa, parlare con lei era stato illuminante, non aveva valutato

le cose da quel punto di vista ed effettivamente, ora tutto gli appariva meno opprimente:
«Grazie, mamma, sai sempre darmi forza e... sai come mostrarmi la strada migliore... ti voglio bene...»
«Ti voglio bene anch'io, caro e voglio il tuo bene...» si era alzata per abbracciarlo con tutto il suo affetto:
«E adesso, basta, altrimenti mi metto a piangere... forza... vai a prendere tua moglie e restale accanto... povera ragazza... deve passare le pene dell'inferno... solo al pensiero di suo padre mi si rivolta lo stomaco... che resti tra noi, naturalmente! Anzi, accompagnami da lei, salgo un momento a parlarle...».

Erano saliti insieme per andare da Margaret, Edgar era senza parole, non finiva mai di stupirlo... Che donna!

Con un elegante abito color pervinca e capelli graziosamente acconciati con cura, Margaret, guardava il mare, assorta nei suoi angoscianti pensieri.

Rimuginava sulla situazione, ripensava al torto soffocante fatto ad Edgar e alla vergogna insopportabile verso la sua famiglia, con la mano sul ventre, pensava alla creatura innocente di cui André non sapeva l'esistenza e con gli occhi colmi di lacrime ignorava, smarrita cosa l'attendesse in futuro.

Trovava conforto in quell'esserino che cresceva dentro di lei e amava ogni giorno di più, colmando il vuoto immenso della mancanza del suo bel marinaio.

Ora aveva una parte di lui da amare e proteggere con tutta se stessa, doveva essere forte, per il suo amato e per il suo bambino.

I ripetuti colpi alla porta, l'avevano distolta dalle sue incertezze, Edgar era entrato nella stanza, seguito da sua madre, destando nella ragazza non poco stupore e altrettanta ansia, sapeva che era un passo da fare ed era

doveroso affrontare anche la suocera:
«Scusa, Margaret, hai un momento?... Mia madre vorrebbe parlare con te...».
Margaret, aveva fatto un piccolo inchino in segno di rispetto, invitandola ad entrare:
«Buona sera, Lady Ingrid, certamente... sedete qui, sul divano, staremo più comode...».
Il conte era sceso dai suoi ospiti per lasciare sole le due donne, era sufficientemente imbarazzante, per Margaret, sostenere la conversazione con sua madre.
Sedute vicine, la duchessa aveva preso le mani gelide di Margaret nelle sue, guardandola con comprensione:
«Allora, cara... come stai? Te la senti di parlarne?».
Quell'atteggiamento aveva scosso Margaret che non immaginava di poter contare ancora una volta sul suo appoggio sapendo quanto si sentiva colpevole e in torto.
Quello sguardo amorevole, l'aveva messa subito a suo agio, come tutte le svariate occasioni che l'aveva difesa e con semplice sincerità le aveva aperto il suo cuore:
«Oh, Lady Ingrid... sto così male e non solo fisicamente per le continue nausee che mi debilitano ma... soprattutto emotivamente... non faccio che piangere... il senso di colpa verso tutti voi... non mi dà pace...» aveva ammesso fra un singhiozzo e l'altro.
«Su, su, cara, non angosciarti così... fa male a te e al bambino... so tutto di questa gravidanza e non sei l'unica responsabile in questa storia...».
Margaret, si era asciugata gli occhi, provando a calmarsi:
«Edgar, non merita tutto questo... è un uomo stupendo... è stato sempre rispettoso nei miei riguardi... comprensivo e paziente... fra noi però non c'è mai stato amore... io non volevo questo matrimonio... lui merita una moglie che possa renderlo felice... io.... Invece... ho

solo combinato un disastro...».

«Lo so, cara, lo so, capisco il tuo stato d'animo... ti sei trovata, ancora bambina, da un giorno all'altro in un matrimonio forzato... con un uomo molto distante da te...»

«Sì... ma... questo non giustifica il mio riprovevole comportamento e... il mio tradimento... avrei dovuto evitarlo, essere all'altezza del mio ruolo, invece, dal momento che ho visto André, non ho pensato ad altro... mi sono innamorata perdutamente... senza valutare le conseguenze...»

«Voglio farti una confidenza... è tipico della tua età essere impulsivi e passionali... hai seguito il tuo cuore... lo capisco... non tutte le donne hanno la fortuna, come me, di innamorarsi dell'uomo destinato ad essere loro marito... ho amato Frederick dal primo istante che i nostri sguardi si sono incontrati... ed è stato lo stesso per lui... il nostro è un matrimonio felice e solido... è così che dovrebbe essere... sempre...».

Margaret ascoltava il suo racconto, affascinata dalle parole espresse con garbata sensibilità e spiccata intelligenza:

«Ogni donna dovrebbe avere il diritto di scegliere se e quando essere, moglie e madre... per questo ho educato mio figlio ad avere il massimo rispetto delle donne e spero che, col tempo, gli uomini usino il loro potere per far valere questi diritti e questi valori... per cambiare le regole della società... è il mio contributo per cambiare il mondo...» aveva concluso, orgogliosa, con un sorriso rassicurante che era stato ricambiato con ammirazione.

Stava meglio, dopo questo confronto sincero, ora capiva il forte legame d'affetto tra Edgar e sua madre, era una donna, colta, lungimirante, con un'acuta intelligenza e

un'infinita sensibilità, le ricordava tanto un'altra persona a lei cara:
«Parlate come mia sorella Elisabeth, Lady Ingrid, siete molto simili ... credo che vi trovereste d'accordo!»
«Non sei la prima a farmelo notare... anche mio figlio me l'ha detto!»
«È una ragazza meravigliosa e penso che sarebbero una coppia perfetta... lei ha tutto per renderlo felice... ma... non vuole ascoltarmi...»
«Credo abbia lo stesso problema anche Edgar, cara, non è abituato a vivere d'istinto e di emozioni, ma... sono fiduciosa... diamogli tempo...sono sicura che scatterà qualcosa!».
Avevano riso ancora, dimenticando la tensione iniziale, la duchessa l'aveva accompagnata alla porta, cingendole le spalle:
«Anche a te, cara, serve tempo, non torturarti... adesso hai un grande compito, stare bene e pensare a questo bambino, affronteremo tutto giorno per giorno... un passo alla volta... spesso il destino ci mette a disposizione le soluzioni più impensate... e ora scendiamo, non facciamo spettegolare gli ospiti!».
Erano scese insieme, serenamente, Edgar, vedendo le due donne sorridere amichevolmente e il viso disteso di Margaret, si era reso conto che ancora una volta, sua madre, aveva compiuto un mezzo miracolo.
Con questa immagine davanti agli occhi, le idee più chiare e l'animo più leggero, era andato incontro a sua moglie...
Non aveva dubbi, aveva preso la sua decisione.

Cap. XX

Un annuncio importante

Un altro inaspettato ospite aveva fatto il suo ingresso alla tenuta Linderberg, quella sera.
Aveva consegnato cappello e soprabito a Mr. Dawson ed era entrato tronfio come fosse il padrone di casa.
Per nulla al mondo si sarebbe perso lo spettacolo dell'annuncio della gravidanza di Margaret, era stato un gran colpo di fortuna e ora che aveva sgombrato il campo da ogni possibile imprevisto, pregustava con diabolica soddisfazione i cospicui vantaggi economici che l'avrebbero messo al sicuro per un bel po'.
Doveva solo sistemare un'ultima faccenda e riconciliarsi con sua moglie, recitando la parte del marito pentito e del padre/nonno premuroso e avrebbe abbindolato anche la sua consorte che presa dell'euforia di questo nipotino, avrebbe concentrato tutte le sue attenzioni su altro, senza far caso a lui.
A Lady Clarice, però, non era sfuggita l'entrata a sorpresa del suo non gradito marito e decisa a non farsi rovinare la serata e tanto meno il buon umore era corsa subito a sincerarsi delle intenzioni dello scaltro barone.
Tirandolo da parte, gli aveva domandato con tono minaccioso:
«Non ricordo di averti invitato... sei qui per compiere qualche altra tua nefandezza?».
Sir Arthur aveva esibito la sua migliore interpretazione e con lo sguardo commosso, da insuperabile attore, aveva dato inizio alla sua recita:
«Clarice, cara, stai molto bene... sei sempre bellissima... quanto mi sei mancata... questo tempo lontano da te

mi ha fatto capire che sei la mia unica ragione di vita... sei mia moglie e ti amo, ti chiedo umilmente scusa per tutto ciò che ti ho fatto e per il dolore e l'offesa che ti ho causato... giuro... questa volta non ti deluderò... sono vecchio, Clarice, sono stanco di vivere in modo sconsiderato... mi manca la mia famiglia e ... vorrei tornare a casa... se vorrai... prenditi la serata per pensarci...».

Chi non l'avrebbe creduto, dopo quella toccante scenetta?

La baronessa, però, non era ingenua e tanto meno stupida e fatto tesoro delle tante volte in cui era stata ingannata dal suo bugiardo marito, non voleva di certo fare una scenata davanti a tutti e per evitare di attirare l'attenzione, aveva rimandato la decisione riservandosi di concedergli un periodo di prova:

«Stasera non ho voglia di discutere con te e nemmeno di dare spettacolo... ti terrò sotto stretta osservazione e... guai a te se non ti comporterai come si deve... stasera è troppo importante, te ne tornerai a casa tua, non voglio nessun elemento di disturbo... da domani potrai sistemarti in una stanza per gli ospiti... per ora ti basti questo...» aveva concluso asciutta, tornando con disinvoltura dai suoi invitati.

Il barone Campbell non aveva sperato di meglio e con un sorriso sornione, l'aveva seguita per prendere posto a tavola.

La serata procedeva magnificamente, fra pietanze gustose e ricercate, musica gradevole e conversazioni piacevoli.

A metà cena, Edgar, seduto di fianco a Margaret, si era alzato in piedi, tintinnando un cucchiaino su un bicchiere, rivolto a tutti i commensali per fare il suo discorso:

«Scusate, signore e signori... chiedo un attimo di attenzione... grazie a tutti per aver partecipato così numerosi al ballo di mezz'estate, così magistralmente organizzato dalla nostra padrona di casa: la Baronessa Clarice Campbell!».

L'applauso era partito scrosciante e al termine, il conte, aveva proseguito:

«Voglio anche fare un annuncio importante, per condividere con voi la nostra felicità... io e mia moglie, aspettiamo un bambino... brindiamo al nascituro con l'augurio che tutto vada per il meglio!» aveva esclamato alzando il calice e invitando tutti a unirsi al brindisi.

Tutti in piedi e coi bicchieri in mano protesi verso l'alto, avevano gridato in coro gli auguri alla coppia, concludendo con un altro applauso.

Con un cenno della mano, aveva ordinato ai musicisti di riprendere a suonare:

«E ora diamo inizio alle danze! Buon divertimento a tutti e... grazie!».

Si era poi riaccomodato, accanto a Margaret che lo fissava stupita per quella dichiarazione pubblica, voleva spiegazioni ma non riusciva a parlare.

Edgar, per toglierla dall'imbarazzo ed evitare gli sguardi di tutti su di loro, l'aveva invitata ad alzarsi e con un braccio attorno alla vita, l'aveva accompagnata al centro della sala per fare il ballo di inizio:

«Sorridi, cara... sorridi, ci stanno guardando... stai tranquilla, ne parliamo più tardi in privato...».

Avevano ballato teneramente abbracciati, sotto lo sguardo attento e sognante delle anziane nobildonne presenti che al termine del brano musicale si erano precipitate in massa a congratularsi con loro.

Anche Sir Arthur non aveva perso tempo, si era

avvicinato ignorando le buone maniere verso le signore, impermalite, che attorniavano la coppia:
«Molto bene, caro Edgar, sembra che dovremo festeggiare con quel famoso whisky, finalmente... congratulazioni a entrambi!».
Sulla difensiva, il giovane, non si sentiva a suo agio alla presenza del suocero, quel suo modo viscido di alludere a chissà quale verità nascosta, lo infastidiva e solo per cortesia aveva risposto evasivo:
«Pare proprio di sì... grazie... vogliate scusarmi, barone... mia moglie mi reclama...» e senza indugi aveva colto al volo lo sguardo soccorritore di Margaret, togliendolo da quella indisponente compagnia.
Si era fatto tardi, Meg sentiva il peso della lunga giornata e delle forti emozioni, si era appoggiata a suo marito bisbigliando:
«Sono molto stanca, vorrei ritirarmi e salire nella mia stanza... ti aspetto sveglia...se vuoi rimanere ancora... devi spiegarmi...»
«No... salgo con te...».
Anch'egli esausto, aveva sostenuto Margaret, sorridendole gentilmente per non dar adito a nessun commento improprio per poi congedarsi dagli ospiti, ad alta voce:
«Signori, è stata una bella serata, scusateci, mia moglie deve riposare... ma, prego... continuate pure a divertirvi... buona notte e grazie a tutti!»
Insieme, mano nella mano, erano saliti al piano superiore seguiti dagli sguardi adoranti delle persone rimaste alla festa.
In camera, Margaret, aveva aperto parte della vetrata, le mancava l'aria:
«Perdonami... ho bisogno di respirare... mi ha sorpreso il

tuo annuncio, davanti a tutti...»
Siedi qui, accanto a me... sei pallida... ti senti bene?»
«Frastornata... tutta quella gente... la tensione dei giorni passati fino ad arrivare alla tua decisione... non capisco...»
«Lo so... è quella la mia decisione... non voglio rovinarti la vita e nemmeno creare scandali... sono tuo marito e ho il dovere di proteggerti e di pensare a te... a voi... avremo questo bambino e lo crescerai come se fosse nostro... in questo modo avrai tutte le cure e l'aiuto necessari... io non ti darò fastidio, sono quasi sempre via per lavoro... avrai accanto tua madre e... Elisabeth... è una sorella meravigliosa e un'amica preziosa...».
Si era fermato qualche istante come trasportato da qualche nostalgico, dolce ricordo e Margaret l'aveva intuito, voleva rassicurarlo:
«Edgar... non so cose dire... sei l'uomo migliore del mondo... e poi... tu non mi dai fastidio... mai! Sarai sempre una persona importante per me... voglio che tu sia felice... tu meriti di essere felice... con Elisabeth... lei è giusta per te, siete fatti per stare insieme...».
Lui gli si era avvicinato di più, prendendole le mani:
«Anche tu l'hai capito? ... È così evidente?».
«Sono stata la prima a farglielo notare, mesi fa, ma... lei è troppo sincera e leale nei miei confronti... non vuole ammetterlo... tu gli piaci... tanto...» gli aveva confidato stringendogli le mani con affetto.
Quelle parole avevano acceso un particolare interesse in Edgar che curioso come un bambino, voleva saperne di più:
«Davvero? Ne sei sicura? Non pensi che sia solo simpatia... o amicizia... o non so che altro?».
Meg sorrideva divertita, il suo bel marito, tutto

razionalità ed equilibrio, si stava innamorando ed era chiaramente vulnerabile, impacciato, confuso dalle emozioni e questo nuovo lato della sua personalità gli donava molto:
«Ne sono sicura! Ha solo bisogno di un po'd'incoraggiamento... lasciati andare, Edgar... vivi le emozioni... ascolta il tuo cuore e il tuo corpo, spegni la ragione per una volta... potresti fare delle bellissime scoperte...».
Il conte Linderberg ascoltava rapito, chiedendosi da dove arrivasse tutta quella maturità e saggezza, la sua giovane moglie, l'aveva sorpreso:
«Voi donne, oggi, siete tutte coalizzate contro di me... avete le stese idee... lo ribadisco, dovreste fondare un comitato!».
Margaret continuava a trovare molto divertente questo suo nuovo modo di essere:
«Questo dovrebbe farti riflettere...»
«Senti, senti... una ragazzina che dà lezioni di vita a un maturo uomo vissuto... è veramente esilarante! Sono un caso disperato?»
«Assolutamente no! Ringrazio il cielo per come sei, non sarei sopravvissuta questi anni se tu fossi stato ad esempio... come mio padre... guarda cosa deve sopportare quella santa donna di mia madre! Devi solo fare un po' di pratica... scioglierti poco alla volta e vedrai che con la persona giusta ti verrà naturale... non serve il manuale d'istruzioni... Elisabeth è quella persona...».
Avevano riso ancora, insieme. La tempesta pareva passata.
Quel dialogo, sereno e sincero, aveva aperto nuove speranze e messo in luce nuovi affetti, come una vecchia coppia di amici, si erano confidati i loro più intimi

pensieri e sollevati, si erano spogliati e infilati sotto le lenzuola per addormentarsi finalmente, tranquilli:

«Affronteremo una cosa alla volta, giorno per giorno, parlandone insieme... decidendo insieme... come stasera... è stato bello... vedremo cosa ha in serbo per noi il destino...» con il solito tenero bacio sulla fronte, le aveva augurato la buona notte, si sentiva meglio e Margaret si sentiva al sicuro:

«Buona notte anche a te, Edgar... sì, è stato bello parlare con te... grazie...».

Ora poteva pensare al suo bambino e tutto questo per merito del suo comprensivo e generoso marito ma c'era qualcos'altro d'altrettanto importante di cui occuparsi, dare una mano a Cupido per aiutarlo nella sua missione amorosa, ora doveva ricambiare l'affetto ricevuto, anche Beth e Edgar meritavano di amarsi ed essere felici.

Cap. XXI

Messaggi segreti

La sera seguente, tutto era tornato quasi alla normalità.
Dopo cena, Lady Clarice, si era ritirata presto nella sua stanza, in compagnia di un buon libro, prima di coricarsi, molto più gratificante di quella del marito.
Sir Arthur, aveva occupato una stanza degli ospiti, come da accordi con la moglie e spesso usciva per incontrare, a suo dire, dei mercanti di cotone o persone d'affari, ma nessuno credeva a questa sua improvvisa redenzione.
Margaret ed Elisabeth erano di nuovo compagne di stanza, oltre che confidenti, data la breve assenza di Edgar, recatosi a Londra per affari urgenti.
La partenza di André era ormai prossima, ritardata da ulteriori riparazioni alla nave.
Con astuzia machiavellica, rigorosa segretezza e la complicità di Marcel, erano riusciti a far arrivare il messaggio in codice, concordato, per incontrarsi in caso di necessità.
Chiuse nella loro stanza, Elisabeth, l'aveva mostrato alla sorella, perplessa:
«Non riesco ad immaginare il motivo di questo incontro... deve essere qualcosa di davvero importante per correre un simile rischio...».
Margaret teneva in mano la piccola conchiglia, col cuore in gola:
«Oh, Beth... quanto mi manca... speriamo che stia bene...»
«Andrò più tardi a vedere di cosa si tratta... tu non preoccuparti... cerca di riposare...».
A notte fonda, quando tutti dormivano, Elisabeth, con la

tattica usata da Meg, era scesa nelle scuderie e con Astrid, assicurandosi di non essere vista o seguita, era corsa verso il mare, diretta all'incontro per sapere la natura di quelle novità.
Giunta sulla spiaggia, al posto stabilito, André, l'aspettava al grande scoglio.
Dopo aver nascosto Astrid dietro alla fitta boscaglia, si erano allontanati verso la scogliera, al riparo da possibili spie.
Elisabeth aveva riconsegnato la conchiglia ad André, chiedendo in apprensione:
«Dimmi... cosa è successo?»
Il giovane, si era messo il piccolo oggetto in tasca e le aveva raccontato del suo infausto incontro con Sir Arthur, delle sue minacce, del ricatto con la denuncia per stupro se avesse visto ancora Margaret.
Elisabeth era sconvolta, quell'essere non aveva nessun ritegno o scrupolo, si vergognava di essere sua figlia e pervasa da un brivido aveva chiesto:
«È inaudito... e pensare che è nostro padre... il suo egoismo non ha limiti... e la sua cattiveria mi dà i brividi... ma qual è la mia parte in tutto questo? Cosa devo fare?».
André aveva continuato, afflitto dalla sofferenza e con gli occhi pieni di tristezza le aveva preso le mani:
«Voglio che tu sappia la verità, per sostenerla quando dubiterà di me e del mio amore... devi starle vicino... non so quando potrò portarla via da tutto questo ma... giuro a te, come l'ho giurato a lei che prima o poi lo farò...».
Beth, ascoltava scossa nel vederlo in quello stato:
«Hai la mia parola... le starò sempre accanto e le ricorderò continuamente quanto la ami ma... continuo a non capire... qual è il mio ruolo?»

GYUNKO.

«Mi serve il tuo aiuto Beth... devo vedere Margaret... tra due giorni salperemo... non posso andarmene senza rivederla un'ultima volta... questa è stata la sola concessione accettata da suo padre in cambio del mio silenzio...». Costernata, l'aveva abbracciato per confortarlo:
«Mi dispiace tanto, André... non so come possa un genitore arrivare a tanto... non farò parola con nessuno della nostra riunione famigliare, te lo prometto... come ti prometto che domani notte la rivedrai... a costo di portartela personalmente...»
«Grazie, Elisabeth, sei una grande donna, so di lasciare Margaret in ottime mani...» aveva sorriso commosso.
«Stai tranquillo, mi prenderò cura di lei... poi c'è dell'altro che devi sapere ma... non sta a me parlartene... ti dirà tutto domani...»
«Lei sta bene? Va tutto bene?» aveva insistito allarmato
«Sì, non preoccuparti... sta bene...»
«Ti chiedo ancora un ultimo favore, Elisabeth... questo è il mio indirizzo... tienimi informato su ciò che le accade... tu sarai i miei occhi e le mie orecchie, sarà l'unico modo per sentirmi vicino a lei... poi la tua corrispondenza non desterà sospetti...»
«Lo farò con piacere e pregherò per voi... spero tanto che possiate stare insieme, presto...»
«Addio Beth... ti ringrazio per tutto quello che fai per noi... abbracciala e baciala per me... e...ricordale che l'amo da morire e per sempre...»
«Lo farò, André... lo farò...».
Era seguito un lungo e stretto abbraccio, poi era fuggita con gli occhi pieni di lacrime, sparendo tra i verdi alberi, nel buio, lasciando un gran senso d'impotenza e di vuoto... Ora era tutto nelle sue mani...

Senza intoppi, Elisabeth tornata in camera, ancora incredula e sconvolta per ciò che aveva saputo, aveva subito insospettito la sorella minore, sveglia ad aspettarla, la sua espressione, stampata sul viso, parlava: «Dimmi... raccontami cos'è successo... mi sembri molto turbata...».
Si era spogliata, per guadagnare tempo e, indossata la camicia da notte si era messa a letto, accanto a Margaret: «Tutta questa situazione mi ha messo in ansia...».
Riordinando le idee e omettendo la parte che aveva promesso di mantenere segreta, era stata molto dettagliata ed esaustiva sulle richieste di André e dei suoi sentimenti:
«Devi dirgli del bambino... deve saperlo, è un suo diritto... così avrà un motivo in più per tornare da te... ammesso che gliene serva un altro... sei fortunata, Meg, non ho mai visto un sentimento forte e puro come il vostro... confesso che un po' ti invidio... anch'io vorrei un amore come il vostro...».
Si era bloccata, distratta da tanti pensieri, sospirando, tornando con la mente al ricordo di quel bacio appassionato... a Edgar... Con tutto il trambusto degli ultimi giorni, non si era presa neanche un attimo per pensarci.
Non avevano avuto occasioni per parlarne e i loro incontri erano stati sempre in pubblico o in compagnia di altre persone.
Questo la confondeva, voleva capire se questo comportamento era dettato dalle circostanze e se, Edgar, pentito del suo gesto istintivo, la tenesse a distanza di sicurezza, cercando di evitarla.
Margaret pareva leggesse i suoi pensieri, anche al buio, senza vedere il suo viso:

«Ce l'hai, Beth... è proprio sotto al tuo naso... davanti a te... prenditelo...» Elisabeth era sempre più confusa: «È tuo marito... come posso farti questo?»
«E cosa mi faresti? Ti rammento che... sono innamorata follemente di un altro uomo e aspetto un figlio suo! Sai su cosa è basato il mio matrimonio... meritate di essere felici, è giusto che abbia accanto una donna che lo ami sinceramente... tu gli piaci... quella donna sei tu... puoi dargli quello che io non ho saputo dargli... non mi sorprenderebbe se fra voi ci fosse stato qualche approccio piuttosto affettuoso... ti sento in imbarazzo...».
Come poteva, sua sorella, molto più piccola, aver affinato un intuito così acuto?
Forse era la gravidanza!
«Sei diventata un segugio... non riesco più a nascondertelo... avrei voluto dirtelo subito ma con tutto quello che ci ha travolte... non volevo darti altre preoccupazioni...»
«Questa non è una preoccupazione, per me, sono stata io a incoraggiarti, come potrebbe darmi pensiero? ... So che c'è qualcosa fra voi... me lo ha detto anche Edgar... dai, Beth... racconta...»
«Edgar? Ti ha parlato di me? Di noi? Cosa ti ha detto? Quando?»
«Beth, Beth, respira... è tutto a posto mi ha detto che gli piaci ma, conosciamo Edgar, non è molto a suo agio quando ci sono di mezzo le emozioni... teme che tu non abbia lo stesso interesse... poi... data la situazione, non vuole metterti a disagio, spingendosi oltre... su, Beth, dimmi, ti ha messo a disagio?» aveva chiesto prendendosi gioco di lei.
Ormai era in trappola, il suo senso di colpa e la curiosità di conoscere ogni particolare della confessione di Edgar e

la necessità di avere qualche consiglio in merito l'avevano fatta capitolare:
«Non era mia intenzione mancarti di rispetto... è successo all'improvviso... la sera che ha saputo della gravidanza e... della tua relazione con André... era a pezzi... io ero lì e... ci siamo baciati... da allora non siamo più rimasti soli... non abbiamo chiarito... non so cosa pensa, cosa ha provato o... cosa prova... adesso. È scappato, scusandosi e da allora mi evita... almeno così sembra...»
«Sai com'è Edgar... è troppo per bene, ha creduto di offenderti o di metterti in una posizione scomoda, con un gesto così audace! Credimi, quel bacio ha scosso anche lui! Avresti dovuto vedere la sua faccia e com'era impacciato mentre mi chiedeva di te... sembrava un ragazzino al primo amore... era dolcissimo, non l'ho mai visto così...».
Elisabeth ascoltava in silenzio, col cuore in gola, molto interessata ad ogni singola parola:
«Ci sei, Beth? Devi trovare un momento per stare sola con lui, devi dirgli come ti senti... ha solo bisogno di una spintarella... non farebbe mai nulla per ferire qualcuno a cui tiene... aiutalo ad aprirsi... tu sei in grado di farlo, Beth, siete fatti per stare insieme... avete la mia benedizione!»
«Grazie Meg, sei tanto cara e ti voglio bene... spero tanto che presto tu possa ricongiungerti ad André e che possiate vivere insieme...ma... nel frattempo, dovrai accontentarti di noi!» le aveva detto ridendo fra le lacrime, con la mano stretta nella sua e anche Margaret le era immensamente grata:
«Scherzi? Ringrazio il cielo di avervi nella mia vita... non so cosa avrei fatto senza di voi... soprattutto adesso... ora è meglio dormire... ci attende una notte impegnativa...».

Cap. XXII

L'ultimo incontro

Era notte fonda, tutto taceva dentro e fuori dal palazzo. Faceva caldo e un sereno cielo stellato dominava la tenuta dei Linderberg, mentre le due sorelle, in massima segretezza, sedute sul divanetto, mettevano a punto gli ultimi accordi per attivarsi nel loro piano amoroso di fuga.
La pendola aveva rimbombato il suo rintocco nel salone al piano di sotto, segnando l'una ed Elisabeth, più agitata e apprensiva del solito, non smetteva di raccomandarsi:
«Promettimi che starai molto attenta e che... non cavalcherai come una pazza per raggiungerlo più in fretta e... che non farai nulla che possa metterti in pericolo...»
«Te lo prometto... mi comporterò come una futura mamma responsabile... anche se queste fughe notturne non hanno niente a che fare con la responsabilità materna...».
Dopo un lungo abbraccio, si erano salutate con la voce smorzata dall'ansia:
«Adesso vai... guardati sempre le spalle... non si sa mai... buona fortuna, tesoro... ti aspetto sveglia, tanto non riuscirei a dormire...»
«Grazie, Beth... ne ho bisogno... prega per me...»
«Corri, controllo la situazione dalla finestra...».
Con la rapidità di un abile ladro, era sparita nella penombra, mimetizzandosi fra le tende e le rientranze del muro, fino alle scuderie.
Sulla terrazza, Elisabeth, in piedi, ascoltava, col fiato sospeso, il rumore degli zoccoli attutirsi sempre più in lontananza fra l'erba e l'erica in fiore della brughiera e con

lo sguardo incollato su quel puntino nero, aveva pensato, stringendosi la vestaglia intorno al corpo:" ti prego, signore... proteggila"...
Con un brivido, aveva chiuso la finestra e si era infilata a letto, ora doveva solo aspettare e quel tempo sarebbe stato interminabile.
André era là, sulla spiaggia, seduto sul grande scoglio, al suo posto, come ogni volta.
Il cuore di Margaret scoppiava di gioia. In quel preciso istante aveva realizzato con quanto desiderio avesse sognato quell'incontro e quanto le fosse mancato.
Non voleva sprecare altro tempo e si era precipitata su di lui, per stringerlo con tutta la forza del suo amore.
Anche di spalle, André, percepiva la sua presenza, l'aveva nelle vene, dentro al suo essere, d'istinto si era girato, per correrle incontro, sollevarla da terra, in un abbraccio forte, avvolgente, carico di tutte le emozioni contrastanti che battevano nel suo cuore, poi l'aveva posata delicatamente senza lasciare quella stretta:
«Mon amour... sei ancora più bella... mi sei mancata così tanto...».
Il loro bacio era appassionato, travolgente, disperato, esprimeva l'immenso sentimento che li univa.
Senza fiato, Margaret, si era staccata, guardandosi intorno furtiva:
«Andiamo via da qui... ho paura... potrebbero vederci...».
Erano volati lontano, nel loro angolo di felicità, nel loro rifugio segreto, al sicuro da occhi maligni.
Margaret aveva buttato in fretta la coperta di lana sulla sabbia, all'interno della grotta e si erano sdraiati insieme, con il consapevole, disperato desiderio di quell'ultimo incontro:
«Oh, chérie... voglio guardarti per ricordarti sempre

così... bellissima... mia...» le accarezzava il viso, fisso sui suoi grandi occhi blu, lucidi di commozione, le sfiorava i capelli, gli baciava le guance e le labbra, con immenso amore e toccante dolcezza.

Il pensiero di separarsi li soffocava, divorando ogni parola, si perdevano nel profondo dei loro sguardi avidi di catturare ogni particolare possibile, in quelle carezze piene di stupende sensazioni e in quei baci roventi dal pungente sapore di un addio, assorbivano uno dall'altra ogni fremito, ogni gemito, ogni sospiro in un unico battito, in un unico corpo.

Li aspettava un tempo interminabile e indefinito di separazione, non sapevano quanto sarebbe durata questa agonia, sapevano di avere bisogno l'una dell'altro come dell'aria per vivere e ciò che Margaret stava per rivelargli, gli avrebbe reso l'attesa ancora più insopportabile, ma non poteva tacere.

Gli aveva preso il viso tra le mani, con gli occhi colmi di lacrime e con la voce strozzata aveva sussurrato:

«Ti amo... sei tutta la mia vita... ti aspetterò, contando i giorni finché non tornerai da me...» aveva preso fiato, sempre più emozionata e con la mano di André sul ventre aveva precisato:

«Anzi... che ritorni da noi... aspetto tuo figlio, André... sarà l'unica cosa che mi farà andare avanti fino a quel momento...».

Lui la fissava sbalordito, frastornato, commosso, estasiato dalla gioia e al tempo stesso distrutto dal dolore di doverli lasciare:

«Oh, mon amour, tu riesci sempre a sorprendermi... coi tuoi doni preziosi... non riesco a spiegarti quanto mi hai reso felice... ma tu stai bene? ... State bene?»

«Sì, stiamo bene... ci sono tante persone che si occupano

di noi: Beth, mia madre e... anche Edgar... gli ho detto tutto di noi... è un uomo eccezionale... nonostante io l'abbia ferito è stato molto comprensivo e generoso... mi ha offerto la sua casa e il suo aiuto finché le cose non cambieranno...» gli aveva spiegato con un sorriso, per rassicuralo mentre l'ascoltava mortificato:
«Dovrei essere io a prendermi cura di voi, ma... non posso farlo adesso... devo partire... devo riordinare la mia vita, per voi...trovare una casa nostra... un lavoro sicuro sulla terra ferma...non potrei più, stare in mare per mesi... poi devo occuparmi di mia madre, ma... appena avrò sistemato tutto e si saranno calmate le acque, tornerò a prendervi... non dubitare mai di me... del mio amore... qualunque cosa accada...».
L'aveva strinta forte a sé e baciata con tutto il tormento die quel senso di colpa di quella verità taciuta che lo distruggeva, questo era tutto quello che poteva dirle, il resto... poi... un domani...
«Lo so... ti credo e ... credo in noi... staremo bene... Elisabeth ti darà continuamente mie notizie... adesso basta parlare... abbiamo sprecato troppo tempo...» le aveva detto per alleviare la sua sofferenza e senza dargli il tempo di replicare gli aveva preso la bocca in un bacio di intenso di urgente desiderio al quale non voleva rinunciare.
Voleva la sua bocca, le sue mani su di lei, il suo corpo... voleva lui... disperatamente per un'ultima volta.
Lo sentiva accendersi sotto le sue delicate mani, sempre più bramose che lo spogliavano freneticamente, sentiva la sua pelle calda sotto le sue labbra ardenti che assaporavano ogni centimetro di quel corpo virile e perfetto ormai privo di segreti, per lei.
Guardava André, nudo accanto a lei e nulla le era mai

parso tanto eccitante e giusto, voleva regalargli il ricordo indimenticabile di questo incontro che avrebbe portato via e tenuto con sé, sulla pelle e nel suo cuore per sempre.

Lo stuzzicava con le labbra, prima leggera come una farfalla poi più insistente e pressante dal viso fino sotto l'ombelico e sull'inguine fremente.

André, impaziente, col corpo teso come corde di violino, si lasciava travolgere da quelle eccitanti carezze e da quei provocanti, bollenti baci senza opporre alcuna resistenza e con la mano di Margaret sul pene eretto, gli era sfuggito un roco soffocato sospiro:

«Oh, mon dieu... senti cosa mi fai... mi fai impazzire...» ma questa dolce tortura non era finita e senza dargli tregua, aveva proseguito, alternando la mano alla bocca decisa a fargli perdere ogni controllo.

André non voleva arrendersi e con un colpo di reni aveva vinto sulla sua eccitazione, intenzionato a donarle lo stesso piacere:

«Non pensare di cavartela così... mia piccola, bellissima... strega tentatrice...».

L'abito e la sottoveste di Margaret erano finiti accanto a quelli di André.

Ammirava estasiato quel corpo aggraziato e sinuoso che sprigionava sensualità e ora tanta tenerezza, si era soffermato sul ventre, pensando al miracolo che si stava compiendo dentro di lei, nulla gli aveva dato una gioia così totale e un'amarezza così lacerante, il suo sguardo, colmo di commosso sentimento, esprimeva tutto ciò che sentiva e non poteva dirle, ma, in quell'atto di immenso amore voleva trasmettergli ogni sua sensazione per infonderle la forza alla quale ancorarsi nei lunghi e vuoti giorni di lontananza a venire.

Col capo posato delicatamente sul suo ventre le aveva

sussurrato commosso:
«Vi amo... vi amo più della mia vita...» e aveva continuato il suo percorso di inesorabile piacere dalla bocca invitante, al seno ora più gonfio e sensibile, dai capezzoli turgidi, all'interno dell'ombelico, dolcemente ma implacabile fino all'interno delle cosce dove l'intensità dei baci e delle carezze aumentavano a ogni battito nelle vene pulsanti da rendere ogni sensazione ormai incontrollabile e impellente.
Premuroso e attento era affondato in lei, con la massima dolcezza.
I loro corpi, saldamente uniti, si muovevano in un unico meraviglioso crescente ritmo, mentre si guardavano e si tenevano stretti, volevano imprimersi nella carne ogni istante di quello sconvolgente piacere.
André sentiva il profumo unico di Margaret che lo confondeva, le sue unghie gli graffiavano la schiena come un marchio indelebile, doloroso e altrettanto eccitante, a ricordargli che era totalmente ed esclusivamente suo, sentiva il suo seno pieno e caldo contro il suo petto muscoloso e avrebbe voluto fondersi nel battito del suo cuore e nel fluire del suo sangue per stare sempre così... Con lei... In eterno.
Si abbandonavano al vortice impetuoso di quel violento, dolcissimo piacere che li scuoteva nel corpo e nell'anima, in quell'oblio soffocante che gli toglieva il fiato, la ragione, mandandoli in un sublime paradiso dei sensi e li lasciava sfiniti,
ma appagati e felici, l'uno fra le braccia dell'altra, per gustare quegli ultimi attimi, insieme, per fissarli nelle loro menti, prima di separarsi.
Avrebbero voluto fermare il tempo, tiranno che inesorabilmente, incessante, passava, riportandoli ai loro

doveri.
Staccarsi era la cosa più difficile e dolorosa mai fatta, ma più temporeggiavano, meno sarebbero riusciti ad allontanarsi e più aumentava il rischio per entrambi.
A malincuore si erano rivestiti, in fretta ed erano tornati al grande scoglio, riparati dalla boscaglia, per salutarsi un'ultima volta:
«Vai, mon amour... è molto tardi... stai attenta e non correre... ti amo, Margaret... mi hai dato i momenti più belli e felici della mia vita... non li dimenticherò mai... abbi cura di te e di mio figlio... tornerò, Margaret... te lo giuro...».
Margaret, in lacrime, provava ad autoconvincersi di essere forte, ma era troppo doloroso:
«Ti amo anch'io, André... non immaginavo si potesse amare così tanto... sei l'amore della mia vita e... amerò tuo figlio allo stesso modo... è l'unica parte di te che mi resta... ti aspetterò...».
Erano seguiti baci e ancora baci, senza respiro, dal sapore amaro di disperazione, di promesse fatte tra le lacrime e di speranze per il futuro alla mercè di un destino incerto:
«All'alba, guarderò il mare... ti penserò e ti terrò nel mio cuore per sempre...»
«Anch'io penserò a te... il mio angelo biondo... mi hai rubato il cuore il primo istante... mi hai fatto innamorare perdutamente... per sempre...».
Ancora un abbraccio, ancora un bacio, questa volta non ci sarebbe stata un'altra notte d'amore, ma solo un'infinita solitudine.
André, vedeva una parte del suo cuore andarsene fra gli alberi, nell'oscurità, come l'oscuro domani che lo attendeva, oscuro come il destino che gli aveva dato tanto e ora, tanto gli toglieva, per lasciargli solo un vuoto colmo

di silenzio, confuso col ricordo di lei, del suo unico amore, del suo profumo impresso ancora sulla pelle.

Margaret era fuggita via, senza pensare, senza ascoltare il pianto che gli rubava l'aria, il cervello incapace di ragionare, raccogliendo tutta la forza possibile per andare via senza voltarsi e non cedere alla tentazione di tornare indietro e non lasciarlo mai più.

Nel loro bambino avrebbe trovato il coraggio di continuare la sua vita, l'unico modo per sentirsi legata ad André e mantenere vivo il ricordo del loro immenso amore.

Era entrata in camera, avvilita, piangendo si era buttata sul letto, poi fra le braccia di Elisabeth, preoccupatissima, per sfogare, finalmente, tutto il dolore che l'opprimeva:
«Grazie al cielo, tesoro... stai bene?... È tardissimo!»
Margaret cercava di spiegare a fatica, soffocata dai singhiozzi:
«Non... non... riu... riuscivo a lasciarlo... fa così male...»
«Lo so, cara... lo so... sono qui, coraggio... affronteremo tutto... cerca di calmarti...».

Dopo un lungo pianto che le aveva assorbito tutte le energie, si era addormentata, distrutta, sprofondando in un silenzioso buio dove non c'era nulla che potesse farle male, per quel breve lasso di tempo, nessun pensiero l'avrebbe angosciata.

Il sonno, di poco meno di due ore, agitato da strani, brutti sogni, si era interrotto bruscamente, svegliando Margaret di soprassalto e in preda allo smarrimento:
«Che ore sono, Beth?».
Sua sorella, aveva sbirciato, assonnata, oltre la grande vetrata, non era stata una notte tranquilla:
«È l'alba, Meg... dormi... è ancora presto...».
Margaret si era precipitata giù dal letto, a piedi nudi e

senza vestaglia, angosciata era uscita in terrazza:
«Gli ho promesso che l'avrei visto partire...» calde lacrime scendevano sulle sue pallide guance e i suoi occhi straziati dal dolore, fissavano l'immensa distesa blu, davanti a lei, velata da una leggera foschia. Elisabeth, l'aveva seguita, con la vestaglia in una mano e le pantofole nell'altra:
«Ti prenderai un malanno... metti queste...».
La teneva per le spalle, senza dire nulla, nessuna parola avrebbe potuto consolarla, ma era lì, con lei, per lei.

Impietrita, appoggiata alla sorella, Margaret, seguiva la nave scivolare sull'acqua, increspata dalla corrente, allontanarsi all'orizzonte. La leggera, umida, nebbia, avvolgeva fredda ogni cosa, attraversandole le ossa, lasciandole un brivido gelido lungo la schiena.

La grande imbarcazione, lentamente, scompariva, inghiottita da quel velo grigio che portava via con sé André e il suo amore, si era rifugiata fra le braccia di Elisabeth, disperata:

«Tornerà, vero, Beth? Dimmi che tornerà...»

«Certo, cara... tornerà... l'ha promesso... tornerà... ma ora entriamo...» mentre stringeva Margaret, cercava in quelle poche parole la volontà e la speranza di crederlo per entrambe.

Cap. XXIII

La freccia di Cupido

I mesi passavano, l'estate aveva lasciato il posto alle piogge dell'autunno e all'inverno.
La gravidanza procedeva senza complicazioni e il pancione cresceva, messo in evidenza dall'esile figura di Margaret, affaticata dall'aumento di peso.
Elisabeth, puntuale, manteneva la promessa fatta ad André, scrivendogli ogni mese per tenerlo informato sullo stato di salute della sua amata, poi, consegnava le lettere in risposta a Margaret che le leggeva commossa, accarezzandosi la pancia, ogni giorno più desiderosa e speranzosa di essere presto tutti insieme.
Edgar, andava e veniva dai suoi viaggi di lavoro, impegnandosi a stare via il meno possibile, non voleva lasciare sole le donne troppo a lungo, anche se tutti intorno a loro si davano un gran da fare per rendersi utili, preferiva stare nei paraggi per essere più tranquillo, inoltre, c'era la "sua Liz", diventata, ormai, una presenza indispensabile non solo per sua moglie. Spesso si incontravano in salotto, si fermavano dopo cena a chiacchierare davanti al camino, si scambiavano confidenze, preoccupazioni e condividevano ogni tipo di pensiero o di interesse.
Era piacevole parlare con lei, si sentiva libero di esternare qualsiasi cosa gli passasse per la testa o di provare ad esprimere cosa si agitava nel suo animo poco abituato a fare i conti con le emozioni, lei era sempre lì, per ascoltarlo, sostenerlo e dargli il suo appoggio nei momenti di difficoltà.
Non si erano spinti oltre una tenera, affettuosa amicizia,

fatta di sguardi, sorrisi ammiccanti e tante parole, nonostante, spesso si fosse creata fra loro una bella intesa, Edgar, non le aveva più fatto delle avance esplicite ma sempre velate, col suo garbo e dal suo modo rispettoso che lo caratterizzava e lo rendeva adorabile.

Quando stava con Elisabeth, si sentiva a suo agio, era tranquillo e pacato, forse un po' troppo, pensava lei, parlavano di tutto, scherzavano, c'era profonda fiducia ma era palese che qualcosa lo tratteneva e Beth non capiva se dipendesse dalla sua correttezza o dal perso interesse nei suoi confronti.

Più tempo trascorrevano insieme e più sentiva aumentare l'attrazione per Edgar e, pensando spesso a quel bacio, si era ripromessa di scoprilo, lasciando da parte ogni pudore, per esprimergli i suoi sentimenti, almeno, così, avrebbe avuto una risposta definitiva, non era tempo di giocare o girare intorno alle cose, erano adulti, era certa di quello che c'era tra loro e di quanto fosse ben diverso dall'amicizia e doveva conoscere la natura di quelle sensazioni, da entrambe le parti.

Infondo era una donna con esperienza alle spalle, sapeva capire certe situazioni o segnali maschili, sapeva come sedurre un uomo e se Edgar avesse avuto bisogno di incoraggiamento, avrebbe usato tutte le sue armi femminili per fare chiarezza, una volta per tutte!

L'occasione si era presentata ghiotta e inaspettata proprio una decina di giorni prima di Natale.

Lady Clarice, sempre attiva e indaffarata, era euforica per la scelta delle decorazioni per la casa e per l'addobbo del maestoso abete che Peter e Alfred avevano sistemato su un lato nell'ingresso del salone.

Al termine della cena, come ogni sera, si erano spostati nel salottino adiacente alla sala da pranzo.

Le donne decidevano eccitate le composizioni di rami di pino, di vischio e agrifoglio, con candele, decorazioni di legno e drappi di tartan, coi colori verde e blu, tipici della famiglia Campbell, per dare alle stanze quell'atmosfera natalizia tanto sentita e coinvolgente. Anche la gravidanza di Margaret contribuiva ad accentuare lo spirito natalizio e il piacere di godersi il calore famigliare. La nascita di questo bambino aveva reso più uniti i membri della famiglia, consolidando i legami affettivi e acutizzando la sensibilità di tutti.

Edgar, organizzava i suoi appuntamenti di lavoro, accanto al camino, sorseggiando il suo whisky, godendo di quella serena quotidianità che ormai gli era famigliare e pur non essendo una famiglia tradizionale e forse leggermente diversa da ciò che si era immaginato, avevano trovato, con intelligenza e comprensione, un buon equilibrio, fatto di ragionevoli compromessi, nel rispetto altrui, per il bene di tutti e regnava comunque un clima di affettuosa serenità. Nonostante quel bambino non fosse suo, aveva accettato seriamente e totalmente di assumersi le responsabilità di un padre per occuparsi di Margaret e in seguito del piccolo, fino a quando André non fosse stato in grado di fare il marito e il genitore.

Il suo infallibile intuito, gli mandava sentori molto forti sulle cause delle difficoltà che lo tenevano lontano da Margaret, sentiva che c'era sotto qualcosa di più grave che la scusa di stare in mare per tanto tempo, aveva chiesto chiarimenti anche ad Elisabeth, in merito, ma fedele alla promessa fatta ad André, era sempre piuttosto evasiva sull'argomento e continuava a pregarlo di avere fiducia in lei che a suo tempo avrebbe saputo ogni cosa.

La lealtà di Elisabeth l'attraeva tanto quanto il suo aspetto e il fatto che si fosse stabilita definitivamente in casa sua, gli permetteva di vederla in ogni momento libero dal lavoro e anche questo gli piaceva, aumentando quel senso di famigliarità che lo faceva star bene.

La osservava muoversi fra le scatole, piene di oggetti natalizi, sparsi un po' ovunque, era disinvolta, sempre a suo agio in ogni situazione, quell'infantile allegria che diffondeva nella stanza coinvolgendo i presenti, era contagiosa, riusciva a rendere interessante anche quella caotica, noiosa occupazione, solitamente evitata o delegata ad altri.

Aveva la capacità di migliorargli la giornata e fargli dimenticare in un attimo le fatiche e le tensioni quotidiane.

Si era sorpreso spesso, ultimamente, a pensare a lei, ai suoi splendidi occhi, due splendenti smeraldi in cui perdersi, tante volte gli era bastato parlarle fissando il suo sguardo magnetico per ritrovare se stesso.

All'improvviso si era ritrovato con la mente a quel bacio, stupendo... La sua bocca era più dolce del miele, ne sentiva ancora il sapore e il solo pensiero gli provocava uno strano formicolio in tutto il corpo, tanto da non riuscire a stare fermo sulla poltrona.

Dietro ai suoi fogli di appunti, calcoli e date, nascondeva quella curiosità che non riusciva a soddisfare, incapace di distogliere lo sguardo da lei.

Il suo bel corpo dalle forme morbide, lo distraevano da tutto ciò che lo circondava, avrebbe voluto prenderla tra le braccia, sentire quel seno sensuale contro di lui, baciarla e assaporare ancora quelle labbra maliziose.

Questi strani e piccanti pensieri lo punzecchiavano, alimentando la sua inquietudine.

Doveva fare il primo passo? Sondare il terreno e le reazioni di Elisabeth?

Non era un ragazzino, sapeva come funzionavano certe cose, così come lei, non era più una bambina, era stata sposata col suo amico più caro, fra loro c'era stato sempre un legame sincero, ma temeva di rovinare quell'intesa speciale che avevano instaurato negli ultimi tempi.
Meg, seduta comodamente sulla sua poltrona, alle prese col ricamo, lasciava che Beth e sua madre se la sbrigassero fra di loro a svuotare le scatole e con indifferenza, senza farsi notare, teneva d'occhio Edgar.
Conosceva bene quello sguardo di maschio attratto da una donna, leggeva chiaramente i suoi pensieri e visto che nessuno dei due si decideva a fare il primo passo, aveva deciso di fare le veci di Cupido e con una idea brillante, voleva scoccare la freccia e dargli una spintarella:
«Mamma, dove sono gli angeli? In queste scatole non li ho visti...» Lady Clarice aveva dato una rapida occhiata fra la chincaglieria sparsa sul tavolo e sul pavimento:
«È vero, tesoro... non ci sono... saranno rimasti nel seminterrato... devo averli dimenticati... posso andare a prenderli...»
«Non importa, mamma... piuttosto, saresti così gentile da accompagnarmi di sopra, sono molto stanca...» aveva ammesso fingendo uno sbadiglio:
«Meglio che vada a riposare... andate voi, ragazzi... così domani possiamo continuare con gli addobbi!».
Edgar e Beth, si erano scambiati un imbarazzato sguardo, sorpresi:
«Noi?!? ... Ma... ormai è tardi e poi... non saprei dove cercarli... lo scantinato è grande... c'è un sacco di roba laggiù...»
Lady Clarice aveva spiegato:
«Sì, è tardi cara, per stasera basta così... recuperate solo

gli angeli... portateli su, rimettete tutto nelle scatole e ne riparliamo domani... ah, li troverete nel secondo ripiano in fondo alla parete di fronte alla porta... in una grossa scatola verde...» i giovani, avevano annuito, rassegnati a portare a termine l'incarico, la baronessa aveva poi concluso:
«Accompagno Margaret e vado a dormire anch'io... buona notte, ragazzi...».

La ragazza aveva preso sottobraccio la madre e rivolta verso le sue "vittime amorose", aveva esclamato ironica, strizzandogli l'occhio:
«Buona notte, ragazzi... fate attenzione là sotto!...» e aveva lasciato il salotto, soddisfatta del suo stratagemma.

Rimasti soli, Elisabeth, l'aveva guardato dritto negli occhi con malizia:
«Messaggio ricevuto forte e chiaro... direi che tua moglie ha voluto lasciarci un po' soli...»
«lo credo anch'io...» aveva notato lui:
«La cosa ti dispiace o... ti dà fastidio?»
«Per nulla, se... non disturba te...»
«No, anzi, non abbiamo più avuto modo di stare soli dopo...»
«Quel bacio?...»
«Esattamente...».

Scendevano lentamente le scale che portavano allo scantinato, Edgar, illuminava davanti a loro con la lampada in una mano e sorreggendo Elisabeth con l'altra.

Gli spessi muri odoravano di muffa, l'umidità entrava nelle ossa e le grosse ragnatele, penzolanti dagli angoli, davano all'ambiente un aspetto tetro e sinistro.

Elisabeth, con un brivido, si era stretta ad Edgar, sussurrando:
«Fa freddo qua sotto e... di notte... fa paura...».

«Già... dovremmo essere nello scaffale giusto...» aveva detto illuminando la zona intorno a loro, gustandosi il piacere di quel contatto e prendendo la grossa scatola verde davanti alla loro vista:
«Eccola qua! Ed ecco gli angeli... è proprio questa! ... Andiamo via da qui... mi vengono i brividi...».
Beth, annuendo, aveva mosso qualche passo, per la fretta di andarsene, ma il pavimento danneggiato e sconnesso, l'aveva fatta inciampare e cadere quasi a terra, se Edgar, fulmineo, non l'avesse presa saldamente al volo:
«Se volevi che ti abbracciassi, bastava dirlo!».
La luce della lampada, appoggiata sul ripiano del muro, lasciava trasparire dai suoi occhi una malizia molto intrigante ed Elisabeth, sbalordita per quella presa non si era trattenuta:
«Conte Linderberg, sono davvero colpita dai vostri riflessi!» avevano riso insieme, gli piaceva quando scherzava, provocata dalle sue battute:
«Andiamo via da qui... non è molto romantico...» le aveva sussurrato, tenendola sempre contro al suo petto. Sentiva il suo cuore battere in quel silenzio spettrale, la guardava incantato dalla luce dorata che dolcemente le accarezzava i lineamenti perfetti e nonostante il luogo non fosse dei più adatti a corteggiare una donna, non si era trattenuto:
«Sei bellissima, Liz...» lei lo guardava intensamente, decisa a mettere in atto la sua tattica seduttiva:
«Mi piace quando mi chiami così...» poi l'aveva baciato teneramente, cingendogli il collo, senza dargli il tempo di pensare, un bacio sensuale e stuzzicante come se stesse gustando un cibo molto appetitoso:
«Andiamocene... ti prego...»
«Molto meglio o ... potresti rimanere altrettanto sorpresa da altre mie qualità...»

«Non stuzzicare la mia curiosità... non sono molto paziente...» l'aveva avvisato con ironia, cogliendo la provocazione con segnali inequivocabili:

«Bene... allora dovremmo provvedere al più presto...».

Questa volta era stato lui a baciarla, con passione, con desiderio, in un modo tanto inedito quanto inaspettato per Elisabeth, era stata una reazione impulsiva, in risposta alle domande che si era posta in continuazione e se l'intenzione era quella di esprimerle ciò che sentiva, con quel bacio, le aveva tolto ogni dubbio.

Preso da quelle nuove, inebrianti sensazioni, non si era accontentato e le sfiorava il viso, le guance, per proseguire nel suo curioso sondaggio, a baciarle il collo, dietro le orecchie e ancora sulla gola dove, con le labbra, avvertiva pulsare il suo cuore agitato.

Persa in quei riscoperti brividi di eccitazione, aveva spostato la testa all'indietro, sospirando sopraffatta.

Edgar sentiva il seno morbido, sotto l'abito, alzarsi ed abbassarsi al ritmo dei respiri sempre più affannosi e i capezzoli, spingere contro la pesante stoffa e contro i suoi palmi che li contenevano e li accarezzavano.

Lei l'aveva attirato ancora più a sé, con mani bramose di toccarlo, di sentirlo più vicino, più addosso, lo teneva stretto, passando dalla schiena alla vita per fermarsi, con presa decisa sui glutei, sodi, palpandoli ripetutamente e concludere la sua esplorazione sul davanti, dove la sua erezione premeva contro le ampie gonne del vestito.

Elisabeth sapeva come muoversi, sentiva l'effetto di quelle carezze provocanti, sul corpo di Edgar, percepiva ogni brivido e fremito della calda pelle, si era staccata d'impulso dalla sua bocca, lasciandolo senza fiato:

«Signorina Campbell... siete un'eccitante... piacevole scoperta... avrei dovuto farlo molto prima...».

Gli parlava all'orecchio, in un soffio arrochito, stretto a lei e alle stupende sensazioni che sapeva dargli con quella bocca di zucchero e quelle carezze di pepe, era stordito, impaziente di fare nuove scoperte e non aveva nessuna intenzione di sottarsi a quel tocco che intrigava anche Elisabeth, sempre più decisa a non fermarsi:
«E non avete ancora visto nulla... caro conte...»
«Fermati, Liz... andiamo via da questo posto lugubre... voglio gustarmi ogni attimo... tieni la lampada... io prendo la scatola...».
In fretta erano tornati in salotto, avevano riordinato velocemente, riponendo tutto l'occorrente per il giorno dopo, poi Beth l'aveva preso per mano, impaziente:
«Vieni... andiamo in camera mia... staremo più comodi e ... più tranquilli...».
Ipnotizzato da tanta intraprendenza, si lasciava coinvolgere da quella spontaneità, senza timori o inibizioni:
«Con molto piacere... non potrei mai contraddirti...».
Ai piedi del letto, una di fronte all'altro, si scrutavano ansiosi ed eccitati, mille pensieri e ancor più emozioni li incuriosivano in questo insolito intimo triangolo.
Edgar, l'aveva spogliata lentamente, con dolce riguardo, un po' impacciato, proseguendo con piccoli, leggeri baci sulla bocca, sulle spalle e sui seni.
La guardava, rapito, le aveva sciolto i lunghi capelli, color dell'ebano, liberandoli dai fermagli sulle tempie e vi aveva intrecciato le dita, affondandovi il viso, per ubriacarsi di quel sensuale aroma d'ambra e fiori che aveva sulla pelle e l'avvolgeva come un abbraccio.
Lei rispondeva, sicura, ai suoi baci, alle sue audaci carezze e con seducente abilità, l'aveva spogliato per trascinarlo su quel grande letto, dove, finalmente, stava per accadere

ciò che fino a quel momento avevano evitato e quel concetto apparentemente tanto assurdo, non le pareva più tale e stava prendendo forma nell'attraente uomo, dal fascino glaciale che mai avrebbe considerato come amante.

Era bello, alto, dal fisico atletico, modellato dall'equitazione e gli scatenava fantasie erotiche molto stuzzicanti.

Stesa accanto a lui, ammirava con aria provocante quel corpo virile e decisa a far sciogliere l'esteriore conte di ghiaccio, aveva iniziato a baciarlo ovunque, per scatenare tutte le sensazioni più istintive e passionali che era certa ci fossero e nascondevano l'uomo tenero e sensibile di cui si era innamorata.

Non voleva più aspettare, prendendo l'iniziativa, si era seduta su di lui, a cavalcioni, per prendersi, con dolce avidità, quella parte di lui che desiderava come non mai, turgida e palpitante che la completava con totale soddisfazione.

Edgar si lasciava guidare e travolgere da quell'eccitante spregiudicatezza, sentiva svanire tutto il suo autocontrollo e si abbandonava sempre più a lei, stringendole le natiche per tenerla salda su di sé, ancora più vicina:

«Sei stupenda, Liz... sei più meravigliosa di ogni mio desiderio... non fermarti... ti prego ...».

Soffocati gemiti e ansiti di piacere, si alternavano ai loro movimenti del bacino, sempre più frenetici e sincronizzati perfettamente, mentre le stuzzicava i capezzoli, tesi, sotto la sua lingua, catturando i suoi sospiri con la bocca, cercando di non fare troppo rumore:

«Non ho nessuna intenzione di fermarmi... è bellissimo...».

Elisabeth teneva le mani appoggiate sul petto di Edgar per reggersi da quel vortice di sensazioni che le sconvolgevano il corpo e la mente, totalmente, si era finalmente liberata del dolore del passato, della barriera impermeabile all'amore costruita per difendersi, aveva ritrovato la donna passionale e spontanea di un tempo e questa la rendeva felice, Edgar, la rendeva felice.

Avevano continuato la loro danza erotica fino all'ultimo battito, all'ultimo respiro, fino all'apice del più estenuante ed appagante, intenso piacere, per poi abbandonarsi in un tenero abbraccio, senza fiato, senza forze.

Si guardavano intensamente, con il languido luccichio negli occhi del profondo sentimento ormai esploso e non più celato:

«Ti amo, Liz... sei la mia metà...»

«Anch'io ti amo, Edgar... da troppo tempo non mi sentivo così... avevo dimenticato come ci si sente quando si ama...» aveva concordato, confidandogli i suoi sentimenti e stringendosi più a lui.

La teneva stretta, sfiorandole di tanto in tanto la fronte e i capelli, con le labbra, felice di essere in quella nuova realtà, come risvegliato da un lungo sonno:

«Sei meravigliosamente impetuosa... passionale... tu sei tutto quello che mi manca... tu riesci a trasportarmi in una dimensione emotiva sconosciuta ma... mi piace da impazzire...».

Beth, col capo sul petto del suo uomo, ascoltava il battito del suo cuore, regolare, tranquillo, rilassato, come cullata da un dolce ritmo si abbandonava, assaporando quelle sensazioni tanto piacevoli, ritrovate:

«So che hai molto da dare... sei sulla buona strada... devi accettare di non avere sempre il controllo su tutto... e... se qualche volta ti lasci andare all'istinto o agli impulsi

emotivi, non per questo sarai meno amato o... stimato... goditi tutto quello che desideri e ti piace... fa bene!»
«Sei tu ciò che desidero e... mi piace... dovrei fare un po' di pratica?»
«A tua disposizione... completamente!» aveva riso, allegra, il suo lato ironico la intrigava e giocosi e felci, si erano rotolati sul letto come bambini dispettosi che scherzano e dopo averla bloccata sotto di sé, con sguardo ardente e sicuro, le aveva sospirato sulle labbra:
«Avrei una mezza idea, in mente... mi riprendo il controllo per un po'... credo di avere anch'io qualche cosetta da insegnarti, signorina Campbell...»
«Sono impaziente di imparare, Conte Linderberg...» gli aveva sussurrato maliziosa, non aveva nessuna intenzione di perdersi quella piccante lezione.
Quel bacio era stato intenso, carico di aspettative e con un guizzo era scivolato fra le sue cosce, deciso a farle provare le più peccaminose sensazioni, questo era quello che desiderava e gli piaceva, sopra ogni cosa, dava un sapore nuovo alla sua vita.
Si erano, poi, addormentati, l'una tra le braccia dell'altro, esausti, rilassati, felici.
I rintocchi della pendola erano risuonati dal salone diffondendosi fino al piano di sopra.
Elisabeth, aveva aperto gli occhi all'improvviso, terrorizzata:
«Mio Dio, Edgar... che ore sono? È quasi giorno!» rigirandosi aveva allungato un braccio per trattenerla:
«Mmmm... non andare...» aveva mugugnato, assonnato.
Beth, in preda all'agitazione, si era seduta di scatto accanto a lui:
«Veramente, sei tu quello che deve andare e ... subito! Tra poco ci sarà un bel via vai, in casa e non voglio che ti

vedano uscire dalla mia camera a quest'ora...».
Improvvisamente, Edgar, aveva messo a fuoco la situazione ed era schizzato a sedere:
«Scusa, Liz... sono crollato... hai ragione... scappo!».
Con la velocità di un lampo, si era vestito, ma prima di lasciarla, voleva che sapesse quanto tutto fosse importante e quanto, lei, fosse importante:
«Non sei un divertimento per me, Liz... io ti amo e appena sarà possibile ti sposerò ... vorrò sempre bene a Margaret e... ti sembrerà strano ma... anche al suo bambino...ma... ti voglio nella mia vita come mia moglie... ogni giorno e ogni notte...» aveva dichiarato, tenendole le mani e guardandola intensamente negli occhi.
Elisabeth, commossa, l'aveva rassicurato:
«Lo so... penso di conoscerti abbastanza da sapere che prendi molto sul serio le cose importanti e... i tuoi impegni... per questo ti amo così tanto... sei un uomo straordinario...» e con quell'ultimo bacio, appassionato, avevano suggellato una promessa e il loro amore:
«Vai, ora... prima che vengano a cercarti...».
Guardingo e silenzioso, aveva ascoltato, scrutando attentamente fuori dalla porta, poi, fulmineo aveva attraversato il pianerottolo, la breve scala ed era entrato in camera, da Margaret.
Dormiva tranquilla.
Appena sveglia, le avrebbe raccontato tutto, l'avrebbe ringraziata.
Sì, sarebbe stata la prima cosa da fare, domani, anzi, oggi, al suo risveglio, doveva sapere che era responsabile della sua felicità e gliene era grato.
La guardava dormire, le faceva tenerezza, tante cose erano accadute dal loro matrimonio, eventi inaspettati che li avevano cambiati profondamente, Meg, non era

più la bambina ingenua e fragile che aveva sposato, ma una donna matura e saggia che si preparava a diventare madre.

Cap. XXIV

Nuovi assetti e insoliti legami

Il giorno prima della Vigilia di Natale, Lady Clarice, con l'aiuto delle figlie, aveva dato il meglio di sé per addobbare, in modo originale e creativo e dare alla casa un tocco di allegra personalità nei giorni di festa.

I drappi di tartan, dai brillanti colori di famiglia, verde, blu e rosso, spiccavano lungo il corrimano dello scalone, sul tavolo, in sala da pranzo e sull'ampia mensola angolare del camino a parete, arricchiti con rami d'abete, agrifoglio, fiocchi di raso rosso e oro e piccoli angeli.

Il magnifico albero, all'ingresso, troneggiava maestoso su un lato dell'atrio, scintillante di splendide luccicanti decorazioni: palline e cristalli di vetro, stelle, folletti e campanelle di legno, bastoncini e grosse caramelle di zucchero, avvolto da nastri rosso e oro, graziosamente, intercalati, da vaporosi fiocchi, di varie dimensioni.

Sulla punta, dominava dall'alto, un grande angelo di tulle e seta, soave ed etereo, diffondeva su tutti il suo sguardo protettore, di buon auspicio per l'anno a venire.

Le candele, sistemate fra il ricco centrotavola di abete, vischio e agrifoglio, sul camino e negli angoli più caratteristici e suggestivi, avrebbero dato alla casa, una volta accese, una calda atmosfera fiabesca.

Lady Clarice, tra le ragazze, teneva Elisabeth e Margaret per la vita, guardando soddisfatta, il sapiente lavoro svolto:

«Abbiamo fatto un gran bel lavoro, ragazze... è perfetto!» e si guardavano intorno compiaciute, sorridendo.

Lo sguardo sognante di Beth, si era fermato sull'angelo, dolce causa, intrigante, del suo primo incontro d'amore

con Edgar.
Margaret, fantasticava su come sarebbe stato bello festeggiare il Natale con André, purtroppo da tanto lontano e sperava che quell'angelo, da lassù, avverasse i suoi desideri.
La baronessa aveva molto per cui festeggiare, primo motivo fra tutti, l'essere presto nonna e proprio l'arrivo di un altro piccolo scozzese, era stato d'ispirazione all'uso del tartan, come omaggio e buon augurio per il nascituro.
La loro non era una famiglia convenzionale, ne era consapevole e anche se le dinamiche affettive e gli intrecci famigliari erano piuttosto bizzarri, c'era armonia, questo bambino sarebbe comunque nato nell'amore e nel rispetto, ne era certa.
La Vigilia di Natale era arrivata.
Lady Clarice aveva organizzato una cena in famiglia con tutte le persone a lei care.
Tutto era stato preparato con cura e allestito con gusto, dal menu alle decorazioni e la grande gioiosa tavolata, le confermava quanto fosse confortevole, avere l'affetto e il calore dei famigliari durante le festività.
La serata si era svolta in piacevole compagnia in un clima di distesa serenità.
Margaret aveva ravvivato il dopocena, suonando al pianoforte, le melodie natalizie che tutti insieme avevano intonato davanti al camino, era poi seguito lo scambio dei regali fra giochi, risa e ancora canti.
L'unica nota stonata in questo contesto armonioso, era il Barone Campbell.
Entrava e usciva, indisturbato dalla casa ad ogni ora per i suoi strani sconosciuti affari e il suo comportamento ricordava più quello di un ospite d'albergo piuttosto che un membro della famiglia.

Poco interessato alle dinamiche domestiche dei conviventi, continuava imperterrito a dedicarsi ai suoi passatempi preferiti: donne e gioco, abilmente coperto dall'altrettanto losco Sir Smith, uomo di fiducia che lo seguiva come un'ombra.

Forte del fatto di essere ignorato da tutti, concentrati su altro a cui pensare, Sir Arthur, riusciva a dare l'impressione di aver cambiato stile di vita, comparendo sempre nei momenti più significativi per la famiglia, esibendo le sue migliori performance di attore e dileguandosi, poi, per ore, affaccendato in tutt'altre faccende.

Ancora sistemato in una camera per gli ospiti, poco gli importava di non dividere il letto con sua moglie, erano altre le cose che gli interessavano di lei.

D'altro canto, anche Lady Clarice pareva totalmente indifferente ad avere un marito, l'unico interesse nei suoi riguardi era di accertarsi che non combinasse altri guai, dai quali era solitamente attratto come le mosche dal miele.

In questo inconsueto menage famigliare, le feste erano passate, con loro era passato anche l'inverno che via via, settimana dopo settimana, aveva lasciato il posto al primo tiepido sole, annunciando l'arrivo della primavera.

Il pancione di Margaret, sempre più ingombrante e voluminoso, le ricordava l'avvicinarsi del giorno del parto e nelle belle giornate, insieme a Elisabeth, avevano ripreso la loro abitudine di stare in giardino, a leggere, ricamare o a chiacchierare.

Margaret camminava con difficoltà, si sentiva appesantita e si stancava di più, ma si sforzava di fare la sua quotidiana passeggiata salutare, su consiglio del medico e della levatrice, per favorire le fasi del travaglio e del parto.

Si era seduta all'ombra del pergolato, col fiatone:
«Santo cielo, Beth... mi sento una mongolfiera... mi sembra di essere enorme... sarà robusto questo bambino... non vedo l'ora che nasca!».
Elisabeth l'aveva aiutata a sedersi su una comoda poltroncina imbottita:
«Effettivamente sei... diciamo... abbondante! Avrà preso da quel bel ragazzone di suo padre... coraggio... ormai manca poco anche André è impaziente e molto preoccupato... spera e prega per voi... vorrebbe esserti accanto... lo sai, vero?»
«Mi manca da morire... darei qualunque cosa per averlo qui... per farmi coccolare... vorrei baciarlo... quasi non mi ricordo più come si fa...» aveva sospirato commossa.
Elisabeth, con ironia, aveva tentato di tirarle su il morale:
«Stai tranquilla... è come andare in bicicletta... una volta imparato, non si scorda più!».
L'immagine di Meg, con quella pancia, su una bicicletta era davvero buffa e non avevano trattenuto le risate:
«Tu sei folle, Beth... riesci sempre a farmi ridere ma... parliamo di cose serie... come procede con Edgar?».
Era a disagio a parlare della sua vita amorosa e sessuale, con sua sorella che restava comunque, anche se sulla carta, moglie di Edgar:
«Non voglio parlare di questo con te, Meg... mi sento in colpa... tu ti struggi per André e io... vado a letto con tuo marito e... sono felice...»
«Non devi sentirti in colpa, avete tutto il diritto di essere felici... ricordi? Chi vi ha buttato l'una fra le braccia dell'altro?» L'aveva rassicurata con un sorriso, notando il suo sguardo sdolcinato:
«Come potrei dimenticarlo... è stata la notte più bella della mia vita... dopo Adam, naturalmente... e devo

ringraziarti per questo...»
«Te lo dicevo... lo sapevo che siete fatti per stare insieme... anche Edgar è pazzo di te... glielo leggo negli occhi... gli fai bene... è più spontaneo e disinvolto con tutti... hai tirato fuori quei lati di lui che teneva ben congelati sotto la razionalità...l'hai reso umano, è molto meglio, adesso!
«Ci completiamo... è un uomo stupendo sotto ogni aspetto... avevi ragione... quando sono con lui è tutto perfetto... sono felice ma... la cosa mi spaventa... ho il terrore che succeda ancora qualcosa di brutto... come ad Adam... ne morirei...».
Anche se era la sorella minore, ora toccava a lei confortarla, le aveva preso le mani fra le sue, con affetto:
«Beth, cara, non devi pensare a queste cose... viviti il tuo amore ogni istante e non metterti queste brutte idee in testa, rovineresti tutto... hai sofferto anche troppo... buttati tutto alle spalle... pensa solo ad essere felice...»
«Grazie, Meg... ci proverò...».

Cap. XXV

Un'immensa gioia

Quella sera a cena, Margaret, non aveva quasi toccato cibo. Una strana sensazione di leggero malessere la pervadeva e anche il suo stato emotivo non era dei migliori, avvertiva una sorta di ansia che la disturbava, quasi fosse il presagio del compimento di qualcosa.
Su consiglio di tutti, si era ritirata in camera sua per coricarsi e riposare, accompagnata sempre dalla premurosa Lady Clarice:
«Vieni, cara... appoggiati a me...ti metto a letto e scendo subito in cucina da Anne... ti faccio preparare un bel brodo caldo... ti rimetterà in forza...».
Avevano lasciato la sala da pranzo sotto lo sguardo apprensivo di Edgar e di Elisabeth, mentre Sir Arthur consumava tranquillamente il suo pasto:
«Scusate, barone... sento se sia il caso di andare a prendere il dottor McMurrey...» si era congedato asciutto, seguendo le donne lungo le scale mentre Elisabeth, contemporaneamente, si era alzata da tavola per scendere in cucina, anticipando la madre:
«Scusa, papà... vado in cucina... non riesco a stare con le mani in mano...».
L'anziano barone, indifferente, continuava a ingozzarsi senza capire il motivo di tanta agitazione, i bambini nascevano dall'alba dei tempi, non vedeva la necessità di prendersela così tanto.
Terminata la cena, si era acceso il suo sigaro, comodamente seduto sulla poltrona del salotto.
Lady Clarice, scesa in tutta fretta, l'aveva

immediatamente ripreso, con sarcasmo:
«Non preoccuparti così tanto, Arthur, non è il caso, stai pure comodo! Non ti smentisci mai! Non so nemmeno perché mi sorprendo... sei l'essere più egoista di questa terra... se vuoi fumare, esci! Questo odore è rivoltante!» e si era diretta in cucina senza neppure guardarlo, infastidita.
Lord Campbell, non se l'era fatto ripetere due volte, aveva colto l'occasione al volo per andarsene per i fatti propri, contento di lasciare tutti liberi di correre su e giù per la casa in preda alle tipiche isterie femminili, molto meglio farsi una partita a poker.
Dopo qualche ora, in casa era tornata la calma.
Meg, dormiva tranquilla dopo aver bevuto il suo brodo, vegliata da Edgar, accanto a lei e appisolato di tanto in tanto.
Beth, insieme alla madre, erano tornate nelle loro stanze, solo a patto di essere svegliate subito se ci fossero state novità.
Sir. Arthur, era rientrato piuttosto alticcio desideroso solo di buttarsi a letto.
La cuoca e due domestiche erano state momentaneamente congedate ma allertate se ce ne fosse stata la necessità.
Il buio e il silenzio avvolgevano la dimora e tutta la zona circostante, solo il vento che frusciava fra le fronde e portava, a tratti, il lontano rumore del mare, interrompevano quella quiete notturna.
La pendola aveva appena suonato i suoi due rintocchi dopo la mezzanotte, quando Margaret, svegliata all'improvviso da acuti dolori all'addome, si lamentava, tenendosi la pancia con le mani:
«Credo sia arrivato il momento... vai a prendere il medico

e le levatrice... fai più in fretta che puoi, ti prego... fa malissimo...»
«Certo, volo... tu stai tranquilla... respira profondamente... sveglio tua madre ed Elisabeth... corro come il vento...» con un balzo si era precipitato giù dal letto, già vestito ed era uscito per sparire dietro la porta.
In un batter d'occhio madre e sorella erano accanto a lei, una per stringerle la mano durante le contrazioni, sempre più ravvicinate e dolorose e l'altra per rinfrescarle la fronte, madida di sudore, con un panno umido, per darle sollievo.
Lady Clarice, aveva buttato giù dal letto due domestiche per preparare acqua calda in abbondanza, biancheria pulita e tutto il necessario per il parto, in attesa dell'arrivo del dottor McMurray e di Ms. Marian, la levatrice.
Le grida di Margaret, sopraffatta dalle doglie, squarciavano il silenzio notturno echeggiando nel palazzo e le donne al suo capezzale, cominciavano a temere il peggio, dato il ritardo di Edgar.
Dopo un'ora che era parsa interminabile dalla crescente apprensione, la porta della camera si era spalancata e Edgar, trafelato, aveva fatto entrare le persone tanto attese:
«Bene signori, sarà una lunga notte... tutti fuori, mettetevi comodi... vediamo di far nascere questo bambino...» aveva annunciato il medico, rimboccandosi le maniche della camicia.
Lady Clarice era tornata in cucina per rendersi utile, coordinava la servitù, impegnata costantemente a scaldare acqua da portare al piano di sopra insieme a pile di asciugamani puliti.
Beth, stava accanto ad Edgar, agitatissimo, erano andati in salotto, aveva bisogno di bere qualcosa di forte, per

calmarsi.
Il tempo pareva immobile sulle lancette degli orologi, le ore passavano interminabili, segnate dai rintocchi e riempite dal susseguirsi sempre più frequente delle grida di Margaret e dall'andirivieni delle domestiche.
Si respirava un'aria di tragica apprensione, tutto quel trambusto e quel bisbigliare sommesso, innervosiva molto Edgar, si sentiva impotente, doveva solo aspettare, trovare conforto nella sua Liz e pregare insieme che tutto andasse per il meglio:
«Sono terrorizzato... sono passate ore e se... non dovesse farcela... è così giovane e esile... mio Dio, Liz... non voglio neppure pensarci... soffro come se quel bambino fosse mio...» lei l'aveva abbracciato, con gli occhi colmi di lacrime, per rassicurare entrambi:
«Non pensare a questo... ce la farà... vedrai... Meg è forte... non si arrenderà...».
Uniti, stretti nel loro abbraccio e persi nei loro tetri pensieri, non si erano accorti del silenzio di tomba calato d'un tratto sul palazzo: nessun grido, nessun pianto di neonato, solo spostamenti precipitosi e concitati da una stanza all'altra.
Edgar tremava, Elisabeth lo teneva, in lacrime:
«Perché non si sente più niente... cosa sta succedendo?»
«Non lo so... non lo so... ti prego, Signore... aiutali tu...» e stretti l'una all'altro scongiuravano il peggio in quei minuti senza fine di profonda angoscia.
Finalmente, il suono più dolce che potessero sperare di sentire, li aveva riportati alla vita: il vagito forte e stizzoso di un neonato.
Si erano abbracciati ancora, ridendo fra le lacrime, sollevati.
Lady Clarice era entrata, col fiato corto e gli occhi lucidi

per l'emozione, spalancando la porta:
«È nato! È nato, ragazzi, è un bel maschietto, sano e robusto... stanno tutti bene!».
Edgar era piombato ad abbracciare la suocera:
«Grazie al cielo... grazie al cielo... credo di non essere mai stato tanto in ansia...»
«Congratulazioni, nonna... direi che il ragazzo ha un bel caratterino... proprio come sua madre!» aveva esclamato abbracciando con gioia la madre.
Ora potevano ridere di cuore, l'angoscia era finita e potevano scherzarci sopra, versandosi da bere, aveva offerto il bicchiere a Elisabeth, un po' di ottimo cognac, ci voleva proprio:
«Bevine un goccio anche tu... credo che ti faccia bene... e promettimi che quando toccherà a noi, non mi terrai sulle spine così...».
Sorridendo maliziosa, col bicchiere tra le mani, aveva lasciato che l'alcool, scivolando dalla bocca, le bruciasse la gola, deglutendo a fatica, quasi disgustata:
«Farò del mio meglio... promesso... oh, mio Dio ma... come fai a bere questa roba?» aveva chiesto con un brivido, fra i colpi di tosse mentre lui l'attirava a sé per baciarla:
«Forse... preferisci sentire il suo sapore in un altro modo?» aveva sussurrato, provocandola:
«Decisamente meglio... sì... così è molto meglio...» aveva colto quell'eccitante provocazione, abbandonandosi a lui.
Qualche giorno dopo, la fila di persone e parenti, curiose di vedere la piccola creatura, causa di un tale scompiglio e il desiderio di congratularsi con la coppia, era lunga: la servitù, i genitori di Edgar, le sorelle di Lady Clarice e persino l'anziana madre di Sir. Arthur, Lady Mary Lennox, si era fatta accompagnare per rendere omaggio al nuovo

arrivato e far visita a sua nipote.

Margaret aveva voluto fare un gesto di riconoscenza verso Edgar e la sua famiglia lasciandogli scegliere il nome del bambino e dopo una breve riflessione, insieme avevano concordato per quello del nonno al quale era stato molto legato e con gioia di tutti e la commozione dei duchi Linderberg, il piccolo era stato presentato come Thomas.

Anche il Barone Campbell aveva fatto il suo dovere, congratulandosi col genero e la figlia, fregandosi mentalmente le mani al pensiero di quanto potesse valere quel moccioso frignante del peso di poco più di tre chili.

Lo sguardo gli brillava, compiaciuto di vedere materializzarsi in quel piccolo essere, la sua garanzia per un futuro tranquillo e ancor più compiaciuto che fosse in grado di catalizzare l'attenzione di tutti, cosa che non comprendeva ma giocava a suo favore, più erano concentrati sul neonato e meno avrebbero fatto caso a lui, perfetto!

Questi dolci pensieri gli attraversavano la mente stampandogli sul viso un'espressione di beata vittoria, scambiata dai presenti per una sincera commozione, ignari di quanto fossero lontani dalla verità.

Cap. XXVI

Brutte notizie

Un anno dopo: aprile 1861

Il tempo era trascorso in fretta, crescere un figlio impegnava Margaret oltre che mentalmente, anche fisicamente, assorbendole tutta l'energia e lasciandole pochi spazi per pensare ad André e al loro sempre più irraggiungibile futuro insieme.

Per fortuna poteva contare su tutto l'aiuto necessario di sua madre, pazza d'amore per quel vivace frugoletto e sulla costante presenza di sua sorella che la incoraggiava a non arrendersi e manteneva costantemente la corrispondenza col suo amato per informarlo su Margaret e Thomas.

Da mesi, però, non riceveva una sua risposta e questo la metteva in ansia, alimentando in lei il sospetto che dipendesse da qualcosa di grave.

André, non aveva mai mancato di risponderle e di aggiornarla sulla situazione, come non mancava mai, in ogni lettera di rinnovare i suoi sentimenti per Margaret e suo figlio e la promessa di ritornare appena possibile da loro, ribadiva sempre, in modo accorato il suo profondo ed eterno amore per entrambi e questo, l'allarmava ancora di più, allertata dal suo infallibile fiuto che captava quando qualcosa non quadrava.

Mancavano oramai pochi giorni al primo compleanno di Thomas e il fermento, in casa, era incontenibile.

Le giornate primaverili, tiepide e piene di sole, consentivano di stare piacevolmente all'aperto e Lady Clarice, stava organizzando la festa in giardino, per rendere questo giorno speciale, indimenticabile.

Purtroppo, però, il destino stava per accanirsi ancora su Margaret e la sua felicità, questo sarebbe stato, sì, un giorno memorabile ma non per le ragioni sperate.

Casualmente, era salita in camera sua per prendere uno scialle e vi aveva trovato Elisabeth, in piedi, con una lettera in mano e visibilmente sconvolta.

Era rimasta al centro della stanza, immobile, a fissare Margaret, con gli occhi pieni di lacrime, paralizzata e ammutolita per ciò che avena letto e incapace di trovare le parole per spiegarlo alla sorella.

Il sangue le pulsava, allertato, mandandole segnali di chiaro sospetto, confondendole i pensieri, certa del brutto contenuto di quella lettera ma sperava, con tutte le sue forze che non lo fosse irreparabilmente.

Si era avvicinata a lei, tremante, con voce rotta dal pianto: «Cosa c'è, Beth... dimmelo!»

«Ni... niente, Meg... una mia cara amica...» aveva provato ad improvvisare, nascondendo la missiva dietro la schiena, cercando di proteggerla da un altro dolore:

«Sei una pessima bugiarda, Beth... cosa c'è scritto nella lettera?» le aveva intimato, strappandole il foglio dalle mani per scoprirne, avidamente il contenuto.

Una verità tanto amara da farla barcollare e accasciarsi sul divano, quasi priva di forze, svuotata, sgomenta, soffocata da dolore e dalla disperazione.

In quelle poche righe, scritte da André, le sue speranze e suoi sogni per il futuro, ancora una volta, erano stati irrimediabilmente infranti, distrutti senza possibilità d'appello...

Come aveva potuto fare una cosa tanto meschina a lei e a Thomas, teneva quella pagina bianca tra le mani, leggendo e rileggendo quelle poche gelide righe che le riecheggiavano nel cervello come una sentenza definitiva e le attraversavano il cuore come una lama ghiacciata: "Cara Elisabeth, solo ora riesco a rispondere alle tue lettere. In questi mesi sono accadute tante cose che mi hanno cambiato la vita: un incidente sul lavoro, la morte di mia madre e... il mio matrimonio. Sì, non hai letto male, ho conosciuto una donna che mi è stata accanto nei momenti difficili, mi rende felice, come so che Margaret è felice nel suo mondo... Siamo troppo diversi, è stato un bel sogno ma è finito...Margaret e Thomas sono il passato... Justine è il mio futuro. Scusa la mia brutta scrittura ho ancora la mano fasciata. Perdonami per tutto quanto. André".

Elisabeth teneva Margaret, singhiozzante, disperata, fra le braccia, ancora incredula, avrebbe voluto trovare le parole giuste per darle conforto, per alleviare la sua straziante sofferenza, causata di nuovo, da un uomo che decideva per il "suo bene", ma non c'erano parole e nessuna giustificazione o una logica in quell'improvviso, assurdo cambio di rotta.

Poteva solo starle accanto e sperare che ancora si aggrappasse all'amore per il suo splendido bambino per trovare la forza per andare avanti:

«Come ha potuto, Beth? ... Come? Dopo tutte le promesse fatte... dopo tutto quello che ha fatto per me... ci ha buttato via come oggetti vecchi... ci ha dimenticati... cosa dirò a Thomas quando mi chiederà di suo padre?».

Non capiva, non riusciva a rassegnarsi a questa nuova, orrenda verità ed Elisabeth sapeva che la battaglia non era finita, questo inspiegabile e sconvolgente voltafaccia cambiava tutta la prospettiva di quel nuovo scenario per Margaret, per lei e per Edgar, consapevole dell'onestà e del forte senso di responsabilità del suo amato, non avrebbe mai abbandonato la moglie, con un bambino piccolo al

suo triste destino:
«Non pensare a questo, adesso... passerà ancora tanto tempo, prima che possa fare domande... affronteremo una cosa alla volta... come sempre... lui ha bisogno di te e... devi essere forte per lui... supereremo anche questa... tutti insieme...».

In quel forte abbraccio c'era la speranza di trovare per entrambe la consolazione e la necessità di una ragione plausibile, ma mentre stringeva la sorella, sconcertata non riusciva a trovarne una.

Conosceva André e per quanto si sforzasse di capire, non vedeva alcuna coerenza tra ciò che aveva scritto in quella lettera e il suo carattere e soprattutto nel suo comportamento precedente.

Non riusciva ad analizzare lucidamente ma era sicura che qualcosa le stesse sfuggendo.

Ora, però, aveva un compito più arduo, consolare Margaret, sostenerla e incoraggiarla a non arrendersi mai, a continuare a credere nella forza dei suoi sentimenti, al momento seriamente compromessi e trovare, per se stessa, la pazienza per sopportare questa nuova situazione.

Cap. XXVII
Una decisione importante

Provenza: settembre 1861

«Papà! Papà!».
Una bellissima creaturina, bionda, di poco più di un anno, si era buttata fra le braccia di André, affaticato e malinconico, di ritorno da un lungo viaggio di lavoro in mare.
Lei, con la sua allegra accoglienza, era l'unica persona in grado di ridargli il sorriso, era la sua unica gioia:
«Eccola qua, la mia principessa... fatti abbracciare, mon amour...».
La piccola si era tuffata fra le forti braccia del padre, ridendo felice.
Con la figlia in braccio, si era poi avvicinato a una graziosa, giovane donna dal viso dolce e dai lineamenti delicati, valorizzati da due splendidi occhi e lunghi capelli scuri che lo guardava con tenerezza, sorridendo:
«Bentornato, caro... siediti... la cena è quasi pronta... metto a dormire Erika...» lui l'aveva baciata sulla fronte, con tenero affetto:
«Fai con calma... io mi faccio un bagno per rinfrescarmi...».
Lei era sparita, con la bimba, chiudendosi la porta alle spalle.
André si era immerso completamente nella vasca, sperando che quell'acqua avesse il potere di lavare via, oltre che la stanchezza, anche le sue angosce.
Non era passato giorno in cui non avesse pensato a Margaret, al suo immenso amore per lei, per suo figlio Thomas, si chiedeva come fosse, come stavano vivendo,

se stessero bene.
Non sapeva se anche lei lo amasse ancora come il primo giorno e se aspettasse il suo ritorno, fedele alla promessa che si erano fatti sulla spiaggia.
Il suo splendido angelo biondo gli mancava da togliere il respiro, ad occhi chiusi, cullato dall'acqua tiepida, sentiva ancora il suo profumo, le sue carezze...
La voce di Justine, l'aveva destato dal suo sogno:
«La cena è pronta... se non ti muovi, si raffredderà!».
Era uscito dalla vasca, asciugandosi e rivestendosi in fretta, scacciando quei dolorosi ricordi dalla sua mente ma non dal suo viso, dai suoi occhi sinceri che non mentivano mai ed erano lo specchio della costante sofferenza, insita in lui da quando aveva lasciato Margaret.
Avevano cenato in silenzio, l'uno di fronte all'altra.
Justine, angustiata dallo stato d'animo di André, si era alzata per togliere i piatti dalla tavola ed affrontare, per l'ennesima volta, quell'argomento così scottante che non dava pace a entrambi:
«Per quanto tempo, ancora, hai intenzione di tenerti questo peso sul cuore, André?» lui aveva lo sguardo triste, fisso su Justine, in cerca di una risposta:
«Prendi tua figlia e vai da lei... ha il diritto di sapere la verità... mi spezza il cuore vederti in questo stato... sono tua sorella e ti voglio bene... come voglio bene alla bambina ma... è tempo che tu prenda una decisione, André...»
«È passato tanto tempo...» aveva sospirato, sconsolato:
«Vai a riprendertela... ormai non hai più scuse... hai una casa... puoi cambiare lavoro quando vuoi, al negozio di fiori con Marcel o... alla panetteria con Pierre... dipende solo da te... vuoi vivere tutta la vita con questo

rimpianto? ... Dai a Margaret la possibilità di scegliere...».
Il giovane si guardava le mani, col pensiero altrove, passandosele nervosamente fra i folti capelli:
«Ti sarò eternamente grato per esserti presa cura di Erika, come una madre, mentre ero lontano... ma... ho paura, Justine... ho paura che non ne voglia più sapere di me... che mi abbia dimenticato... sono mesi che non ho sue notizie... forse si è resa conto che sta bene con suo marito... non so cosa pensare...».
La sorella l'aveva abbracciato con affetto per incoraggiarlo:
«È un rischio che devi correre, André... ti conosco bene... non te lo perdoneresti mai... tu non sei il tipo che scappa... se credi ancora in quello che c'è stato tra voi e... al vostro amore, devi darti questa possibilità e... tentare... devi andare da lei, deve sapere tutto e... vedrai coi tuoi occhi se le cose sono cambiate... devi fare questo passo... è arrivato il momento...».
André, guardava la sorella, riconosceva la saggezza di quelle parole, doveva lottare per il suo unico amore... Ma era lo stesso anche per Margaret?
Doveva avere quella risposta una volta per tutte, ora, doveva convincersi che imbarcarsi su una nave che l'avrebbe portato in Scozia, era la cosa giusta per Margaret, per Thomas e per se stesso.
Le aveva fatto una promessa, quella notte, in riva al mare, durante il loro matrimonio simbolico, in presenza dei suoi amici fidati... si erano giurati amore eterno, doveva sapere cosa era accaduto, non poteva più aspettare e trovare le risposte alle sue tormentate domande.

Cap. XXVIII

Un risvolto sconvolgente

Scozia: giugno 1862

Ormai l'estate era di nuovo alle porte, le giornate calde e piene di sole, riportavano alla mente di Margaret il ricordo di tre anni prima, quando aveva conosciuto l'amore della sua vita.

L'aveva vissuto con tutto il suo essere e con tutto il sentimento che sapeva dare e il frutto di quella passione estiva, era lì, davanti ai suoi occhi, somigliante ogni giorno di più a colui che le aveva spezzato il cuore, distruggendo i suoi sogni, riaprendo ad ogni sguardo, una ferita sanguinante e mai rimarginata.

In quel pomeriggio di festa, tutti erano riuniti in giardino per il tè.

Lady Clarice, su una morbida trapunta, di occupava, con amorevole cura, della merenda di suo nipote.

Elisabeth ed Edgar, leggevano un libro, all'ombra dei tigli, sorseggiando tranquillamente l'ambrata bevanda rinfrescante, Margaret, pallida e malinconica, riempiva il tempo e i suoi pensieri, punzecchiando, svogliatamente, il ricamo di un centrotavola di lino.

Dal grande cancello aperto che introduceva sul viale alberato, di fronte all'ingresso principale della casa, era entrata una carrozza, diversa da quelle della tenuta, con una coppia, non riconoscibile da lontano.

Si era fermata nel cortile, sotto gli sguardi fugaci dei presenti, seduti di schiena rispetto alla casa, distratti dai loro passatempi.

Lady Clarice, aveva dato il bambino alla balia e, perplessa, si era accertata dell'identità degli sconosciuti visitatori:

«Non aspettavo ospiti, oggi... vado a vedere chi sono queste persone...» e si era allontanata, intrattenendosi abbastanza a lungo con la coppia, scesa dalla carrozza.
Tornata poi dai famigliari, seguita da un giovane uomo bruno, li aveva raggiunti, ignari di quello che sarebbe accaduto da lì a poco.
Elisabeth, a quella vista, si era alzata, lasciando cadere il libro e con gli occhi e la bocca spalancati, aveva balbettato, verso Margaret:
«Mar... Marg... Margaret...» indicando dietro la schiena di sua madre.
Attraversata da un brivido e da quella sensazione ben conosciuta, aveva alzato lo sguardo, allibita, bianca come un lenzuolo:
«An... André...» aveva mormorato, senza fiato.
La baronessa Campbell, sicura di sé, aveva esordito:
«Bene! Vedo che non serve fare le presentazioni... Monsieur Monrou, volete, cortesemente, mettere al corrente tutti i presenti del motivo della vostra visita?».
André, rivolto verso le persone intorno a lui, e a Margaret, che lo fissava attonita, aveva iniziato le sue spiegazioni:
«Scusate l'intrusione, signori ma... sono mesi che non ricevo notizie tue, Margaret e... di mio figlio... non sopportavo più questo silenzio... devo sapere la verità e... anche voi avete il diritto di sapere la verità...».
Elisabeth, aveva lanciato una fulminea occhiata a Edgar e come folgorata dalla soluzione di un enigma, aveva bisbigliato:
«Adesso è tutto chiaro!... Non muovetevi... corro a prendere qualcosa di importante...» ed era poi corsa, con tutta la velocità possibile, salendo i gradini delle scale a due a due che portavano alla stanza da letto.
André aveva proseguito il suo racconto:

«Sono qui con mia sorella Justine che ha insistito affinché mi decidessi a venire per accertarmi dei motivi di questo vostro lungo silenzio e per rivelarvi la mia versione dei fatti...».
Margaret non capiva, non riusciva a ragionare su quelle nuove informazioni, aveva fatto un passo avanti, muovendosi incerta:
«Justine?!? ... È tua moglie! Vi siete sposati... me lo hai scritto tu...»
«Justine è mia sorella, Margaret e io non sono sposato... non ho mai scritto nessuna lettera... ma credo di sapere chi è l'autore...».
Con le ginocchia deboli e la vista annebbiata, stava per cadere a terra se Edgar e André prontamente, non l'avessero sorretta.
Edgar la teneva di peso, mentre André le porgeva una poltroncina per farla sedere e Lady Clarice, ormai esperta di malori, le rinfrescava i polsi e la fronte con un fazzoletto bagnato di acqua, presa dalla brocca sul tavolo, per farla riprendere:
«Su, su, tesoro... bevi un po' d'acqua fresca... ti farà bene...».
Intanto Beth era giunta, come una saetta, con un foglio tra le mani e senza fiato per la corsa, l'aveva mostrato, cercando di parlare fra un ansito e l'altro:
«Questa è la lettera che abbiamo ricevuto...»
«Vi giuro, su ciò che ho di più caro... non ho scritto io questa lettera...» aveva esclamato, nervosamente, dopo avere letto rapidamente il contenuto:
«Ma ora, sono certo di sapere chi è stato...» e aveva estratto dal taschino del gilet, il biglietto ricevuto da Sir. Arthur per incontrarsi prima della sua partenza:
«Ecco! Sarei venuto prima da te, Margaret, se tuo padre

non mi avesse costretto con ricatti e ripetute minacce a starti lontano e a non cercarti più... guardate... è la stessa calligrafia...».
La Baronessa, fuori si sé, si era fatta avanti, decisa ad andare in fondo a questa losca storia:
«Posso riconoscere la scrittura di mio marito... voglio vedere...» e dopo un attento esame, furente, aveva confermato:
«Non ho alcun dubbio... è la sua scrittura... che stupida sono stata a pensare che potesse cambiare...».
Fra lo stupore e l'indignazione di tutti, André aveva continuato il chiarimento dell'accaduto:
«Due notti prima della mia partenza, ci siamo incontrati al vecchio mulino e... ha minacciato di denunciarmi per stupro se non me ne fossi andato via per sempre... sapeva tutto di me... della malattia di mia madre e... ha comprato il mio silenzio con scherno e soddisfazione, sfruttando il suo potere... ero pazzo di rabbia ma... non potevo fare nulla... mi avrebbe rovinato...».
Lady Clarice, si era lasciata cadere su un'altra sedia, lì vicino, facendosi aria col ventaglio:
«Oh, misericordia... mi sento male... quell'essere è un perfido opportunista!» aveva commentato mentre Elisabeth le porgeva dell'acqua:
«Niente acqua, tesoro... ci vuole qualcosa di più forte!» e aveva ordinato alla cameriera di servire la bottiglietta di cherry.
Tutti i pezzi del mosaico cominciavano ad incastrarsi alla perfezione, lei sapeva di quello spiacevole incontro e anche i sospetti di Edgar cominciavano ad avere un fondamento:
«Adesso comincio a capire... sapeva della gravidanza, come sapeva che questo ti avrebbe fermato e ha fatto di

tutto per toglierti di mezzo... come si può essere tanto cinici e crudeli?» aveva concluso Edgar, con tono quasi di scuse.

Meg ascoltava tutti i discorsi uscire da una bocca all'altra, stordita, confusa, sentiva il cuore scoppiarle nel petto, il respiro corto e le lacrime colmarle gli occhi:
«Non posso crederci... come ha potuto farci tanto male... è nostro padre!»
«Per egoismo, avidità e... sete di potere, ad ogni costo... calpestando tutti...» le aveva spiegato André, tenendole le mani gelide nelle sue.

Margaret, piangeva ed Elisabeth si era rifugiata tra le braccia di Edgar, sconvolto quanto loro:
«È un mostro... è un mostro...» continuava a ripetere, con le lacrime agli occhi, sollevata di avere accanto un uomo di tutt'altra natura.

Le sorprese, però, non erano finite e André, riprendendo fiato per fare il pieno di ossigeno, aveva invitato tutti a tenersi forte per ascoltare un'altra sconvolgente notizia:
«Purtroppo c'è dell'altro... ed è molto peggio...»
«Cos'altro può esserci di peggio... cos'ha combinato, ancora, quell'essere malvagio? ... Diteci, giovanotto, mi sta venendo una crisi di nervi!» l'aveva esortato Lady Clarice, sempre facendosi aria, ancora più agitata.

André aveva consegnato un'altra lettera a Margaret, con aria preoccupata:
«È tutto scritto qui... leggila...io non riesco neppure a ripeterlo...».

Con le mani sudate e tremanti per le emozioni causate dalle tante scottanti notizie apprese, aveva spiegato il foglio e con gli occhi gonfi e rossi di pianto, aveva iniziato a leggere, sotto lo sguardo apprensivo e ansioso di tutti.

Leggeva intercalando esclamazioni di tragico stupore:

«Oh, mio Dio!» leggeva ancora ed esclamava sbalordita: «Oh, mio Dio!» finché l'emozione violenta, l'aveva sopraffatta ed era svenuta ancora, lasciando cadere a terra, i fogli, letti quasi completamente.
Gli uomini erano accorsi a sorreggerla e a soccorrerla per farla riavere e velocissima Elisabeth aveva raccolto la lettera iniziando l'agghiacciante lettura e come Meg, non riusciva a trattenersi dall'esclamare, ogni tre righe:
«Oh, mio Dio... oh, mio Dio... oh, mio Dio... è molto peggio di quanto si possa immaginare!» e aveva passato la lettera a sua madre, che non capiva più nulla e voleva sapere:
«Cose da far accapponare la pelle... mi viene da vomitare... leggi mamma... guarda chi hai sposato...» e si era gettata su Margaret per rassicurarla col suo abbraccio, furiosa:
«Respira, tesoro... stai tranquilla, questo incubo è finito... ora c'è André a prendersi cura di voi e a proteggervi da quell'essere spregevole... non ci farà più del male!».
Lady Clarice, aveva cominciato a leggere ad alta voce, sbarrando gli occhi e deglutendo ripetutamente, di tanto in tanto, sconcertata:
«Cara Lady Margaret, quello che leggerete in questa mia lettera, vi sconvolgerà, esattamente come sconvolse me, quando ne venni a conoscenza.
La mia coscienza mi impone di non custodire oltre, questo atroce segreto che mi rode dentro come un tarlo e non mi dà pace.
La bambina che è con André è vostra figlia... oh, buon Dio! ... Vi è stata sottratta la notte del parto, il 20 aprile di due anni fa, da vostro padre...Oh, buon Dio, salvaci tu!... in combutta con la levatrice, mia madre, che sapeva avreste dato alla luce due gemelli ma ha taciuto, per

minaccia sempre di vostro padre... mi sento male, cose da non credere... è stata poi venduta a mia zia Emily che vive in Francia e non può avere figli... Dio del cielo... devo sedermi... è un animale, anzi, molto peggio!» aveva ansimato la donna sconvolta, mentre cercava appoggio sulla sedia da giardino per sedersi.

Aveva poi proseguito, dopo avere ingollato un bicchierino di liquore per farsi forza:

«Il denaro sborsato, in cambio della bimba, è servito a coprire l'ennesimo scandalo delle losche avventure amorose, dell'immorale vostro genitore.»

Vidi quella stupenda creatura, per la prima volta, la notte della sua nascita, quando mia madre la portò a casa, avvolta nella copertina che potrete riconoscere, ricamata da voi con le vostre iniziali.

Nel caso nutriste ancora qualche dubbio, vi basterà guardarla, la somiglianza con voi è sorprendente.

Dopo qualche settimana, fui mandata a consegnare la bambina, per prendermene cura durante il viaggio in nave, ma sapere come quell'innocente era stata strappata all'amore di sua madre, non mi ha permesso di portare a termine il malvagio piano di vostro padre che non meritava di passarla liscia, ancora una volta.

Al mio arrivo ho cercato André e gliel'ho affidata perché avesse almeno l'affetto di suo padre e, lui, avesse accanto una parte di voi, la sola rimastagli, a seguito della sua partenza forzata avvenuta dopo l'ultima minaccia e lo sporco ricatto messi in atto, sempre dal vostro genitore senza cuore.

Scrissi poi a mia madre, informandola che durante il viaggio, la piccola si era ammalata di febbre ed era morta.

Ho scelto di rimanere qui, lontana da tutto, per paura delle ritorsioni alle quali sarei incorsa se Sir. Arthur l'avesse saputo e credetemi, lui sa sempre tutto, è ben informato dalla sua spia di fiducia!

Posso assicurarvi che mia zia era totalmente all'oscuro della verità e che mai si sarebbe resa complice di un'azione tanto vile e vergognosa, se solo lo avesse sospettato, al contrario, credeva di fare un'opera di carità, adottando una bambina rimasta orfana.

Troppe persone buone ed innocenti, hanno pagato a caro prezzo le abbiette macchinazioni di quella mente malata, senza scrupoli, manovrata dal demonio.

Un giorno voi avete ridato dignità alla mia persona, mi avete creduta e aiutata con quel gesto che vi dissi non avrei mai scordato, sperando di ricambiare, un giorno.

Oggi, quel momento è arrivato, vi restituisco la vita che vi è stata così crudelmente rubata. Ve lo devo. È giusto così.

Sono solo una serva, ma sono una persona onesta, non posso assistere, indifferente, a questo scempio che ha generato dolore e sofferenze.

Siamo tutti, in qualche modo, vittime di un essere diabolico, mosso da un'incontrollabile cupidigia, vittime della povertà, vittime dei pregiudizi, dei preconcetti di questa ipocrita società, cieca, nascosta dietro le apparenze del suo bel mondo dorato.

Spero che tutti e, soprattutto voi, My Lady, troviate, in fondo al vostro cuore generoso, la forza di perdonarmi per aver taciuto così a lungo.

Siate felice, Lady Margaret, ora ogni cosa è al suo posto.

Siate felice, finalmente, nessuno lo merita più di voi.

Con affetto, Nancy.

Lady Clarice, barcollante ed esterrefatta da quell'inquietante verità, si era alzata appoggiandosi al tavolo del giardino:

«Devo bere, ancora... subito... mi manca l'aria...» e dopo

avere trangugiato un bicchiere di tè, tutto d'un fiato, con un respiro profondo, aveva raccolto le forze, rivolgendosi al genero:
«Edgar, caro, questa è casa tua e... come ospite... ti chiedo il permesso di fare all'istante ciò che avrei dovuto fare tanto tempo fa... basta! Non voglio aspettare un secondo di più! Sono furiosa e potrei comportarmi non da signora!» Con un gran sorriso, il conte, l'aveva assecondata:
«Non solo avete il mio permesso, Lady Clarice, avete anche tutto il mio appoggio... siete voi la padrona di casa... sentitevi libera di agire come vi suggerisce la vostra coscienza!»
La baronessa, gonfia di orgoglio per tanta considerazione, era partita dritta e decisa come un soldato in missione:
«Grazie, caro... è tempo di risolvere la faccenda, una volta per tutte e di cambiare le sorti di questa famiglia!».
La donna, sbraitava agitando le braccia come per scacciare i demoni in uno strano rituale, mentre si dirigeva verso la casa:
«Vade retro, Satana... ha ragione Nancy, quello è figlio del demonio! ... Vade retro... vade retro Satana! Dawson! ... Matilde! ... Presto, prendete quel grosso baule nel corridoio dell'anticamera... fatevi aiutare, subito... riempitelo con tutti i vestiti, le scarpe e gli effetti personali del barone! Non voglio più vedere nulla!... non voglio più parlare con lui... buttate tutto in cortile... non posso sopportare nemmeno la sua vista... demonio!... Demonio!... Dawson, sai cosa fare e cosa dire... lo voglio fuori di qui all'istante! Fate presto! Presto! Togliete di mezzo tutte le sue cose!».
Lady Clarice non smetteva di impartire ordini, come un'ossessa, quasi per liberarsi da una maledizione.

Intanto, André, aveva fatto un cenno con la mano, a Justine, di venire da loro con la bambina che teneva affettuosamente accoccolata sul petto, addormentata serenamente:
«Lei è Justine, mia sorella... si è presa cura della piccola fino ad oggi... Margaret... ti presento Erika, il fiore di Scozia, nostra figlia... il mio piccolo angelo biondo... non trovi che sia bellissima?».
Le due donne guardavano, incantate e commosse quel fagottino, fare capolino dalla copertina: il visetto perfetto dalle rosee guancine, i capelli biondi e ricci, il nasino all'insù e la boccuccia a cuore che sorrideva nel sonno:
«Sì... È bellissima... grazie Justine per aver pensato a lei per tutto questo tempo... grazie di tutto... posso prenderla?» con un sorriso affettuoso, l'aveva adagiata in grembo a Margaret che non riusciva a distogliere lo sguardo da quell'incantevole faccino:
«È stupenda... e il suo nome... non avrei saputo sceglierne uno più adatto...».
Edgar teneva Elisabeth per la vita e dietro a Margaret, ammiravano, emozionati la bimba fra le braccia di sua madre:
«Oh, Meg, è identica a te... siete bellissime...» aveva commentato la sorella, anche Edgar era commosso da quel quadretto famigliare:
«È vero, avete due bellissimi figli... viene voglia di metterne in cantiere uno anche a me... Cosa ne pensi, futura signora Linderberg?» aveva chiesto alla sua Liz.
André teneva in braccio Thomas che era la sua esatta copia, totalmente innamorato del bambino: la carnagione più ambrata, i capelli ricci e scuri e i profondi occhi allegri, proprio come i suoi, i lineamenti delicati e la bocca sempre sorridente.

Guardava con orgoglio i suoi bambini, col cuore traboccante d'amore e tenerezza:
«Abbiamo fatto un gran bel lavoro, mon amour... non mi stanco mai di guardarli...».
A interrompere quella dolce atmosfera di felicità, era sopraggiunta, Lady Clarice, sorridente e rilassata come liberata, finalmente, da un grosso peso:
«Ecco fatto! E ora fatemi abbracciare i miei splendidi nipotini... sono queste le gioie della vita... fammi tenere questo angioletto, Margaret...» contenta, aveva preso Erika che nel frattempo si era svegliata, lasciando tutti a bocca aperta:
«Ha i tuoi occhi... sono blu... è sorprendente... siete due gocce d'acqua!» aveva esclamato la nonna, orgogliosa, coccolando la piccola.
André, aveva ridato Thomas alla sua mamma e si era avvicinato un po' timoroso ad Edgar:
«Scusate, conte, permettete due parole?»
«Certo... dite pure...» aveva risposto, allontanandosi a sua volta dal gruppetto di donne intente a adorare i bambini.
«Voglio ringraziarvi per esservi preso cura di Margaret e di mio figlio... non gli avete fatto mancare nulla e avete provveduto a loro nel migliore dei modi... vi sono debitore... siete un vero gentiluomo, come dice sempre Margaret...».
Edgar, visibilmente imbarazzato per i complimenti, che lo mettevano a disagio, si era giustificato:
«Non dovete ringraziarmi... gli voglio bene... ho cercato di fare la cosa giusta... piuttosto, sono io a dovervi delle scuse...» aveva aggiunto, sorprendendo André:
«Perché mai, signore?... Non mi avete fatto nulla di male!»
«Mi sono lasciato condizionare dalla brutta nomea generale che c'è sui marinai... senza ascoltare Margaret

o...Elisabeth... hanno sempre creduto in voi... siete un bravo ragazzo, vi avevo giudicato male!» gli aveva messo una mano sulla spalla, in modo amichevole.
André sapeva a cosa si stesse riferendo:
«Lo so bene, signore... combatto con questo pregiudizio da quando faccio questo lavoro!».
Avevano riso sinceramente, con l'animo leggero da una serenità ritrovata, come se si conoscessero da anni.
Edgar aveva poi concluso:
«Un'ultima cosa... non c'è nessun signore... per te sono solo Edgar... qua la mano, amico!» e si erano strinti la mano con soddisfazione per siglare l'accordo:
«E io, sono solo, André... amico!».
Mentre conversavano per approfondire la conoscenza, erano stati distratti dalla carrozza di Sir. Arthur che aveva imboccato il vialetto e si era fermata al centro del cortile, dove l'aspettava il suo baule stracolmo di tutto ciò che gli apparteneva:
«Guarda, guarda... sta per iniziare uno spettacolo che non possiamo perderci!»
«Ci puoi scommettere! Per niente al mondo rinuncerei a questo momento che ho atteso per anni!».
Dawson, davanti alle scale d'ingresso, nella sua elegante livrea, aspettava che il Barone Campbell, scendesse dalla carrozza.
Insospettito dall'insolita riunione di persone in giardino, aveva già notato qualcosa di strano, buttando l'occhio oltre il finestrino e osservando meglio, aveva riconosciuto, subito, André, fiutando, all'istante, aria di guai.
Cercando di raccogliere le idee e le scuse migliori, era sceso fingendosi sorpreso:
«Dawson... cosa succede? Cosa significa tutto questo?»

aveva sbraitato esagerando risentimento e indicando tutti i vestiti ammucchiati intorno al baule.
L'impeccabile maggiordomo, con la sua proverbiale, elegante classe e la risaputa compostezza, aveva immediatamente chiarito la situazione:
«Significa che non siete più il benvenuto in questa casa, signore!»
«Non... non... ho fatto nulla...dovrete rispondere di tutto questo!» aveva balbettato il vecchio barone, sudato e paonazzo in viso, cercando di giustificarsi, mentre Dawson, impassibile, gli aveva mostrato tutte le lettere e il biglietto, come prova delle sue perfide azioni, restando fermo sulla sua posizione:
«Saremo molto lieti di informare le autorità di questi vostri... chiamiamoli così... "inviti" ... vi consiglio vivamente di stare il più lontano possibile da questa famiglia... prendete ciò che riuscite, il resto vi sarà recapitato a casa di vostra madre... buona serata... signore!» aveva dato poi ordine di caricare il baule sulla carrozza, col plauso di tutti i presenti che avevano assistito all'uscita del bugiardo barone, con la coda tra le gambe, sconfitto dalla sua stessa cattiveria, dalla sua falsità e si apprestava a lasciare definitivamente, la vita di tutte le persone, torturate, fino a quel momento, dai suoi maligni inganni.
La baronessa, soddisfatta del trattamento riservato a suo marito, da Dawson, si era lasciata andare:
«Molto bene, ragazzi... ha avuto quello che si merita, si volta pagina! Oggi è un nuovo inizio per tutti, dobbiamo festeggiare! Vado subito a dare disposizioni alla cuoca!».
Justine aveva preso i bambini, Edgar ed Elisabeth si erano abbandonati in un bacio appassionato e André, dopo tutte quelle emozioni, aveva finalmente, potuto salutare

Margaret con un bacio che esprimeva tutto il suo amore: «Questo è il giorno più bello della mia vita, ma chérie... ti amo ancora di più...».
Incredula e in estasi dalla felicità, Meg si era lasciata trasportare da quel bacio tanto desiderato:
«Non potrei essere più felice di così e non potrei amarti di più di quanto ti amo...»

Francia del sud: Provenza, sei mesi dopo

Nella romantica e accogliente casa in stile provenzale, circondata da un rigoglioso giardino, immerso nella suggestiva campagna francese, c'era un gran movimento in occasione delle feste natalizie:
«Nancy, cara, prendi i gemelli... devono fare il riposino! Devo scappare...sono terribilmente in ritardo... tua zia Emily mi aspetta alla "Casa degli orfanelli" dobbiamo organizzare la festa per i bambini e ho ancora mille cose da fare! ... Devo passare in panetteria, da Pierre, per ordinare i dolci... e da Marcel per l'albero di Natale e le decorazioni... oh santo cielo, com'è tardi!» aveva brontolato Lady Clarice, sempre impegnata nelle sue cause benefiche, mentre si imbacuccava nel pesante cappotto di lana e nella calda sciarpa, uscendo in tutta fretta per salire sulla carrozza che l'aspettava, davanti a casa.
Margaret, sulla poltrona a dondolo, accanto al camino, nel calore della sua famiglia e nella sicurezza dei suoi affetti,

leggeva la lettera di Elisabeth, appena consegnata dal postino, curiosa di sapere le ultime novità:
"Mia cara, Meg, sono lieta di sapere che, come noi, state tutti bene, ci mancate tanto, soprattutto ora che è quasi Natale.
Tutto procede bene, siamo felici e innamorati e presto Thomas ed Erika avranno un cuginetto con cui giocare, proprio così, presto saremo in tre, aspettiamo un bambino! Sei la prima a saperlo e non ti ringrazierò mai abbastanza per avermi incoraggiata con Edgar, tu avevi capito subito ciò che io non volevo vedere.
Vi auguriamo delle splendide feste e vi aspettiamo con gioia per le vacanze estive, per stare ancora tutti insieme.
Buon Natale a tutti, bacia i bambini per noi, vi salutiamo e vi abbracciamo forte.
Con immenso affetto, Beth e Edgar".
Margaret, commossa, immersa nella lettura, teneva tra le mani la lettera, unico legame momentaneo, con l'adorata sorella che aveva condiviso con lei tormenti, dolori e sentimenti e non aveva trattenuto le lacrime alla notizia dell'arrivo di un altro bambino.
Era un'immensa gioia che le riempiva il cuore di felicità per entrambe.
Non aveva sentito entrare André, con un grande, verde abete che in allarme nel vederla piangere, aveva posato l'albero e si era inginocchiato accanto a lei, per sapere il motivo di quelle lacrime:
«Va tutto bene, ma chérie... stai piangendo...».
Lei, gli aveva accarezzato dolcemente il viso e l'aveva baciato con tutto il suo amore:
«Sono lacrime di gioia... va tutto a meraviglia, amore mio... sarà un Natale magico...».

Printed by Amazon Italia Logistica S.r.l.
Torrazza Piemonte (TO), Italy

50075362R00138